KiWi
1919

Das Buch

Ein Dorf, irgendwo im unteren Odertal. Lieselotte Sawidski wohnt dort, seit sie denken kann. Genau wie ihre Nachbarin Gerda. Es herrscht gemütlicher Stillstand: Jeder kennt jeden, man fühlt sich am Rand des Landes und ein wenig auch am Rand der sozialistischen Gesellschaft. Die größte Sehenswürdigkeit der Gegend sind die Kraniche.
Als Gerdas Enkel Micha nach seinem Ausschluss vom Psychologiestudium bei seiner Großmutter einzieht und nach ihrem Tod in dem zerfallenden Bauernhaus bleibt, beobachtet die alte Sawidski, wie neben den Kranichen immer öfter auch seltsame Vögel aus Berlin in ihrem Dorf auftauchen – Künstler und Studenten, in erster Linie junge Frauen.
Schillernde Gerüchte bringen Unruhe in das beschauliche Dorf. Eine Sekte mache sich in Michas Bauernhaus breit – und organisiere Westreisen. Tatsächlich aber hat Micha eine Gabe: Er kann Menschen hypnotisieren und ihnen so ihren Traum von Frankreich oder Kalifornien erfüllen. Allerdings stößt er selbst ständig an die Grenzen der realen Welt. Und sein Unternehmen für Reisen im Kopf, das sogar der countrymusiksüchtige LPG-Vorsitzende aufsucht, wird von der Stasi argwöhnisch beäugt …

Der Autor

Jakob Hein arbeitet als Psychiater. Er hat zahlreiche Bücher veröffentlicht, darunter »Mein erstes T-Shirt« (2001), »Herr Jensen steigt aus« (2006), »Wurst und Wahn« (2011), »Kaltes Wasser« (2016) und »Die Orient-Mission des Leutnant Stern« (2018). »Hypochonder leben länger und andere gute Nachrichten aus meiner psychiatrischen Praxis« (2020) stand nach Erscheinen wochenlang auf der SPIEGEL-Bestsellerliste.

Jakob Hein

Der Hypnotiseur

oder Nie so glücklich wie im Reich der Gedanken

Roman

Kiepenheuer & Witsch

Im Reich der Wirklichkeit ist man nie so glücklich wie im Reich der Gedanken.
(Schopenhauer)

Lieselotte Sawidski

Mit den Kranichen ist es für uns im Unteren Odertal wie für die Inder mit den Affen. Andere Leute kommen hierher, um sie zu fotografieren und uns zu sagen, wie schön doch diese Tiere und ihre Gewohnheiten sind, aber für uns ist es nichts Besonderes, mit diesen Tieren zu leben, und wir wissen auch, welchen Schaden Kraniche anrichten können. Im alten Byzanz sagte man, es sei leichter, einen Fels zu bebauen als Felder und Hügel, die einen Kranich zum Nachbarn haben. Die Briten hatten sie im Mittelalter jahrhundertelang ausgerottet, weil sie die Vögel als Schädlinge ansahen und ihre Eier als Delikatesse. Naturschutz oder nicht, die Biester sind Räuber und verhalten sich eben auch so. Zu uns ins Odertal kommen jedes Jahr Hunderte Kraniche, sie sammeln sich im Herbst auf den großen Auen, bevor sie nach Afrika fliegen, die Männchen bis Westspanien in die Extremadura, die Weibchen noch weiter bis nach Afrika. Obwohl die Paare ein Leben lang zusammenbleiben, verbringen sie die Winter getrennt. Diese Zugvögel sind die größte Sehenswürdigkeit unserer Gegend, graue Vögel, die sich hier ein paar Tage sammeln, bevor sie eine große Reise in den Süden antreten.

Früher war hier mehr los, sehr viel mehr. Also ganz früher war hier natürlich nichts als Landschaft. Aber im 12. Jahrhundert wurde jedem, der hier siedelte, *Deutsches Recht* verliehen. Das war nicht wenig, die Siedler, völlig egal, woher sie kamen oder welchem Volk sie angehörten, waren damit persönlich frei und erhielten für das von ihnen besiedelte Land das Erbrecht. Die Herzöge von Pommern brauchten Holz und Getreide, und weil das Odertal so schwach besiedelt war, ließen sie sich etwas einfallen.

Es war immer schwer, hier zu leben, damals waren es die Hochwasser und die überschwemmten Wiesen, die das Leben schwer machten, und wahrscheinlich kamen damals noch mehr Kraniche vorbei, um die Ernten zu stehlen. Dann war es schwer, weil unsere Gegend so abgelegen ist, bis heute führen nur wenige Straßen hierher und immer ein paar mehr Straßen weg von hier. Es gab nur eine kurze Zeit, von den Tabakpflanzungen im 18. Jahrhundert bis zum Ende des Poldersystems 1945, in der es den Menschen hier gut ging. Da konnte man richtig reich werden im Unteren Odertal, und die Leute zogen in die Gegend, um Geld zu verdienen. Heute kann man sich das nicht einmal mehr vorstellen. Aus dieser Zeit stammen jedenfalls die prächtigen Bauten und großen Kirchen, die hier zum Teil noch stehen. Doch spätestens seit im Krieg die Schleusen und Brücken zerstört worden sind und sich der Handel mit schlesischem Tuch und Wolle aus Görlitz sowieso nicht mehr lohnte, ist es vorbei mit unserer kurzen historischen Anomalie eines Wohlstands. Plötzlich gab es eine deutsche und eine polnische Seite der Oder. Auf polnischer Seite überließ man das Tal wieder der Natur, was die Kraniche sicher erfreute, aber auch zum Wiederverschluss der gerade erst geöffneten Wasserstraße von Stettin nach Görlitz führte.

Über hundert Jahre lang war die Gegend hier sogar schwedisch, was kaum noch einer weiß. Aber vor allem waren wir meistens eins: am Rand. Seit 1945 hat sich das stufenweise nur noch verstärkt. Erst kam Pommern zu Polen und die Grenze an die Oder, damit waren wir offiziell am Ostrand Deutschlands. Als die Grenze nach Polen 1981 wegen der streikenden Werftarbeiter geschlossen wurde, waren wir noch ein Stück mehr am Rand, da dachten wir schon, dass es weiter weg nicht geht. Aber nach der Wiedervereinigung gab es uns praktisch nicht mehr: kaum Einwohner, keine Jobs, keine Bahnstrecke, kaum Straßen. Unberührte Natur, so wird das Odertal heute gesehen. Schön für Menschen von außerhalb, die hier ein paar Tage verbringen wollen.

Seitdem stehen die schönen Gebäude aus der Vergangenheit herum, wie ein Hochzeitskleid im Schrank hängt. Obwohl es keine Verwendung mehr für sie gibt, kann sich auch keiner zum Abriss entschließen, auch, weil sie doch trotz ihrer Nutzlosigkeit so schön anzugucken und Erinnerungen an eine glücklichere Vergangenheit sind. Ich habe mein

Hochzeitskleid lange nicht mehr. Mein Mann und ich haben kurz nach dem Krieg geheiratet, da war ich keine zwanzig, und das Kleid, das ich an dem Tag anhatte, trug ich noch Jahre danach zu jeder Festivität, und irgendwann war es dann verschlissen. Er ist jetzt auch schon lange tot.

Michael kenne ich von klein auf, und darum darf ich ihn immer noch Michi nennen. Er ist der Sohn der Tochter meiner Nachbarin, was, wenn man es so beschreibt, klingt, als würde ich ihn nur ein paarmal gesehen haben, wie ein entfernter Bekannter. Dabei haben sich Gerda, also seine Großmutter und ich, immer gut verstanden. Unsere Männer hatten beide den Krieg überlebt. Wir beiden haben uns immer gut verstanden, und als ihr Siegfried 1969 an der Hongkong-Grippe gestorben ist, haben wir noch mehr Zeit miteinander verbracht.

Ihre Tochter Ilona war damals schon zu Thoralf, ihrem späteren Mann, nach Schwedt gezogen, denn 1960 ist dann Michi gekommen. Wer in Schwedt war, war im PCK, das war keine Frage. Thoralf hatte das Petrolchemische Kombinat erst als Jungaktivist mit aufgebaut und dann die Ausbildung zum Facharbeiter für petrolchemische Produktion gemacht, als der Betrieb 1964 so richtig losging. Ilona war dort Dispatcherin in der betriebseigenen Wäscherei, die haben beide genügend verdient.

Sie blieb auch nach der Scheidung in Schwedt, ich kann das verstehen, was soll eine alleinstehende Frau mit einem kleinen Kind auf dem Dorf? In der Stadt kann jeder leben, Dorf ist schwer. In der Stadt gibt es ein Kulturleben und andere junge Leute, und den Nachbarn ist es egal, wenn man mal ein bisschen länger schläft, sich die Haare so oder so färbt oder vielleicht auch mal Herrenbesuch hat. Hier auf dem Dorf sitzt du ja immer auf dem Präsentierteller. Zwar sagt keiner was, aber es wissen immer alle alles, furchtbar ist das. Heute ist mir das egal, ich bin eine alte Frau, aber als damals herauskam, dass Ernst und ich keine Kinder bekommen können, und alle so mitleidig geglotzt haben, hätte ich manchmal am liebsten geheult und manchmal gern alle angeschrien. Na ja, es ist, wie es ist, was willst du machen?

Bestimmt war das auch mit der Grund, warum wir uns gern zuerst um Ilona und dann auch um Michi mit gekümmert haben. Der Junge ist bei uns ein und aus gegangen, der war gern auf dem Dorf. Der wurde nicht nur von einer Oma, sondern praktisch von drei Großeltern verwöhnt, denn zu uns konnte er ja auch immer kommen. Deswegen hätte es mich auch gefreut, wenn Ilona nach der Scheidung zurück nach Soldin gekommen wäre, dann wäre Michi zu mir in die Schule gekommen. Er hat sich da schon mit Maik Klempow angefreundet, damals war das noch der Sohn von unserem LPG-Vorsitzenden, später ist er selbst Vorsitzender geworden. Wie der Vater, so der Sohn. Na ja.

Maik und Michi. Die beiden sind durchs Dorf gezogen wie Plisch und Plum. Zwei Gauner, aber sie sind nie über die Stränge geschlagen. Sind auf Bäume geklettert, haben zusammen geraucht und später Bier getrunken, was die jungen Leute eben so machen. Die dachten immer, keiner weiß was, dabei wusste das ganze Dorf Bescheid, aber uns war es lieber, sie stießen sich hier bei uns die Hörner ab, als wenn Michi in Schwedt sonst was passiert wäre. In der Zeit, wo sie Jungen waren, so richtige Jungen, da verging kein Sommer, in dem nicht mindestens einer von beiden in unserem Feuerlöschteich gelandet wäre. Die beiden haben immer was ausgeheckt, von morgens bis abends.

Michi war ganz klug und hatte es immer schwer in der Schule, nach dem, was ich so mitbekommen habe. Er hat alles zu schnell verstanden und war eigensinnig, und das passte nicht gut zum Schulwesen. Als sie dann sogar in seiner Schule herausgefunden haben, dass er klug ist, ging er in die *EOS Friedrich Gauß*, das war damals schon die beste Schule in Schwedt. Die Jungs und Mädchen von dort sollten Mathematiker und Ingenieure werden, aber Michi hatte sich in den Kopf gesetzt, Psychologe zu werden. Ich sagte damals: Michi, du bist doch nicht so der Redner, du kannst dir doch nicht dein größtes Problem suchen und dann ein Studium daraus machen, aber wenn er eines war, dann dickköpfig.

Ich hätte ihn ja eher als Tüftler gesehen. Er war nie der Mensch fürs Praktische, wenn er mal bei mir in der Küche helfen wollte, ist meistens was zu Bruch gegangen. Aber ich habe mir immer vorgestellt, wie er im *PCK* sitzt und irgendwelche komplizierten chemischen Probleme löst, und wie er im Fernsehen ein Reagenzglas vor das Licht hält. Wir hatten ja in Vorpommern nur Ostfernsehen, wenn die Leute *Tal der Ahnungslosen* gesagt haben, meinten sie immer das Dresdner Elbtal, aber bei uns war es nicht besser. Außer *DDR 1* und *DDR 2* bekamen wir beim richtigen Wetter noch *TVP*, aber wir sprachen ja kein Polnisch.

So habe ich meinen Michi immer gesehen, ein Ingenieur mit Schutzbrille und weißem Kittel, aber er kam eines Tages und wollte Psychologe werden und niemand wusste, wie er darauf gekommen war. Warum will ein vernünftiger Mensch Psychologe werden? Bist du unglücklich, haben wir ihn gefragt, ist irgendwas mit Mutti oder Vati? Aber er hat gesagt, dass das damit gar nichts zu tun hätte und nicht alle Psychologen hätten eine Meise, oder wie er das gesagt hat.

Es hat dann tatsächlich alles erst mal geklappt, weil er sich für drei Jahre verpflichtet hatte, das hatten sie ihm so gesagt. Sie erklärten es den Schülern wie einen Ablasshandel: Er geht drei Jahre zur Armee und dann, aber *nur dann*, dürfte er Psychologie studieren. Eine Hand wäscht die andere. Hat er gemacht, der arme Hund. Die Mindestzeit waren ja achtzehn Monate, doch wer weiß, ob er diese Zeit gut überstanden hätte. Angeblich ging es den Dreijährigen sogar besser als den Mindestwehrdienstlern, als Frau kenne ich mich da nicht aus, Michi jedenfalls hat die Zeit meiner Meinung nach nicht besonders gut überstanden. Von Jahr zu Jahr hat er mehr getrunken, seine Haut wurde schlechter, und wenn er mal was gesagt hat, klang er nicht wie Michi, sondern als wäre da ein Lautsprecher in ihm, aus dem gerade irgendein grobschlächtiger Kerl sprach. Er selbst war immer so eine feinfühlige Person und sprach eigentlich mit einer schönen, eher hellen Stimme. Ich weiß nicht, wie ich das erklären soll, aber in der Armeezeit haben sich Michi und sein Körper irgendwie voneinander entfernt. Er trug diese hässliche Uniform, sein Gesicht sah aus wie gebraucht gekauft und dazu schepperte diese dunkle Stimme Grobheiten aus ihm heraus.

In dieser Zeit haben wir den Kontakt zueinander verloren. Das war ja auch in Ordnung, er war ein junger erwachsener Mann und konnte auf sich selbst aufpassen, was sollte er mit einer Oma wie mir? Für mich war es trotzdem schrecklich, ich hatte meinen kleinen Michi verloren, statt seiner wurde Gerda von einem jungen Mann in einer Uniform besucht, die grauenvolle Ähnlichkeit mit einer Wehrmachtsuniform hatte. Wenn er mal kam, sah man ihn kaum draußen, meistens war er nur zu Weihnachten und Gerdas Geburtstag da, und nicht einmal auf den Geburtstagsfeiern hat er viel gesprochen. Saß in der Ecke und trank Bier, abends dann noch Korn dazu. Traurig war ich damals auch, weil ich selbst ja meinen Schülern immer so schöne Sachen von der Armee erzählen sollte, obwohl ich zum Glück nur Grundschullehrer und nicht in der Oberstufe war, bei mir musste sich keiner verpflichten, trotzdem war ich geschockt, als ich Michi so erlebt habe.

Er ist dann noch nach Rostock zum Studium und zuerst schien es auch wieder bergauf zu gehen. Er begann dann jedenfalls so auszusehen, wie ich mir ungefähr vorgestellt hatte, dass er als junger Mann einmal aussehen würde, bevor er der NVA in die Fänge geraten war. Er kam wieder häufiger vorbei und grüßte ganz freundlich. Ich grüßte ihn natürlich genauso freundlich zurück, Michi sollte nicht denken, dass ich nachtragend bin.

Aber eines Tages – und das war die größte Überraschung –, eines Tages, ungefähr zwei Jahre nachdem er mit dem Studium angefangen hatte, zog er ganz und gar bei Gerda ein. Kam vom Bahnhof mit zwei großen Koffern, gleich im ersten Zug, und zog bei ihr ein. Am Anfang hätte man ja noch denken können, dass es vielleicht ein Urlaub ist oder Semesterferien oder irgendwas, aber nach drei, vier Monaten war klar, dass es wohl für länger sein würde. Die anderen haben sich auf die Gerda gestürzt und versucht, sie auszufragen und abzufangen und Informationen aus ihr herauszuquetschen. So etwas Interessantes passiert ja nicht oft auf dem Dorf und natürlich redet jeder darüber, auch dass Ilona, Michis Mutter, am

Anfang sehr oft auf Besuch war, dann aber wieder seltener kam, und dass er sich das alte Zimmer von Siegfried eingerichtet hatte, und dass er jetzt in den Arbeitsklamotten seines Großvaters über den Hof lief mit Gummistiefeln und allem Drum und Dran – über so was haben sich die Leute eben unterhalten. Und am liebsten hätten sie natürlich alles haarklein von Gerda gehört.

So ein Dorf besteht aus lauter Widersprüchen. Keiner will was sagen, aber alle wollen alles wissen. Niemand gönnt dem Nachbarn den Dreck unter den Fingernägeln, aber wenn jemand Fremdes auftaucht, halten alle zusammen. Jeder möchte die Dinge so machen, wie er das schön findet, mischt sich aber gleichzeitig in die kleinsten Angelegenheiten der Nachbarschaft ein. Niemand sagt was, aber trotzdem wissen alle, was gemeint ist. Und angeblich interessiert sich keiner für irgendwas, und doch sind alle unendlich neugierig.

Meine Erfahrung ist, dass man am Ende sowieso alles erfährt und dass sich die Tür der Erkenntnis häufig nach innen öffnet, man sie durch allzu festen Druck dann nur fester verschließt und es besser ist, einen Schritt zurückzutreten und sie sich nach innen öffnen zu lassen. Ich habe Gerda in Ruhe gelassen und Michi sowieso und das sah vielleicht so aus, als wäre ich nicht neugierig, aber ehrlich gesagt war ich von Anfang an der Überzeugung, dass ich so am Ende am allermeisten erfahren würde. Wäre ich ständig unter irgendeinem Vorwand bei Gerda vorbeigegangen, hätte sie mir ja doch nichts erzählt. Und weil ich es lieber ganz genau wissen wollte, wartete ich ab.

Michi kam dann eines Tages bei uns vorbei und wollte sich von Ernst die Bohrmaschine borgen. Während Ernst die aus der Werkstatt geholt hat, haben wir so ein bisschen verlegen herumgestanden und nicht viel gesagt. Als er sie abends zurückbrachte, hat er sich von mir auf ein Bier einladen lassen und dann hat er erzählt. Und erzählt und erzählt und erzählt.

Wie alle Studenten hatte er natürlich auch Marxismus-Leninismus, das war ja so was wie die Staatsreligion bei uns. Jeder musste regelmäßig zu den Versammlungen gehen und seinen Glauben bekennen, unabhängig davon, ob man daran glaubte oder nicht. Deswegen haben die sich auch immer so wegen der Kirche angestellt, weil das Konkurrenz war.

Michi hatte jedenfalls auch ML, wie man das nannte, und weil es ja die Universität war, beschränkte man sich nicht auf wenige Glaubenssätze, sondern sprach auch über die Grundlagen der Philosophie und Erkenntnis und was weiß ich. Der Marxismus sollte quasi als Endergebnis aller philosophischen Überlegungen hergeleitet werden. Und als sie sich mit Schopenhauer und seiner *Welt als Wille und Vorstellung* befassten, dass die Welt nur aus unserer Vorstellung von ihr besteht, sollten sie sich in einer Hausarbeit pflichtschuldig dazu bekennen, diese Theorie als bürgerlich und falsch zu verwerfen. Das war schon in den Achtzigerjahren, ich meine, kurz danach kam der Milliardenkredit aus dem Westen, überall war zu sehen, dass wir nicht wirklich auf der Seite der Sieger standen, oder, wenn es doch so sein sollte, die Seite der Verlierer ausgesprochene Reize zu haben schien. Ein Arbeitsloser im Westen war zwar arbeitslos, fuhr aber immerhin Opel und machte Urlaub in Spanien, ein Ingenieur bei uns musste ein Vermögen für einen Trabi bezahlen und kam nur mit Beziehungen an einen Urlaubsplatz in Zingst.

Michi hat es mir damals natürlich viel ausführlicher erklärt, jedenfalls hat er wohl in seiner neunmalklugen Hausarbeit die Theorien von Schopenhauer und die Vorstellung der Arbeiterpartei von der Realität in einen Zusammenhang gebracht. Ich selbst habe ja nicht studiert, nach dem Krieg brauchten sie Lehrer, und als sie fragten, habe ich ganz schnell die Hand gehoben, und dann haben sie mich zu einem Lehrgang geschickt, und als ich vier Monate später zurückkam, war ich Neulehrer. Wie man Lehrerin ist, habe ich sowieso erst danach gelernt, und zwar bis zu meiner Rente, das kann man nicht in der Theorie lernen und meiner Meinung nach auch nicht im Studium. Ich will sagen, so ganz genau habe ich Michis Theorie natürlich nicht verstanden, und vielleicht hat er sie selbst nicht ganz genau verstanden, aber zumindest haben sie es an der Universität so verstanden, als wolle er sagen, dass die von der Partei beschriebene Realität eigentlich nur Wille und Vorstellung der Partei sind und dass insofern die Lehren Schopenhauers doch interessant sein müssten, da die Abwendung von messbarer Wirklichkeit in beiden gedanklichen Systemen eine Gemeinsamkeit finde.

Die haben das so verstanden, dass er sagt, dass sie lügen. Und dann hat er gesagt, dass er das nicht meinte, sondern nur das, was da steht, nicht mehr, aber auch nicht weniger, denn dahinter konnte er ja nicht mehr zurück, weil er es dummerweise nicht nur aufgeschrieben, sondern auch noch abgegeben hatte. Er hatte die Hoffnung, sich irgendwie aus der Sache herausinterpretieren zu können. Wenn er das Ganze in einer Diskussion gebracht hätte, dann hätte man es vielleicht noch als Missverständnis eines jungen Arbeiterkindes umdeuten können, das doch seine richtige Haltung zu Partei und Staat immerhin durch drei Jahre Dienst in der Friedensarmee unter Beweis gestellt hatte. Aber Michi hatte es aufgeschrieben und eingereicht, und somit war es ein offizielles Dokument, und offizielle Dokumente müssen in einer deutschen Bürokratie immer auch offiziell verdaut werden. Das war ein Fehler, Michi machte immer solche Fehler.

Ein Telefonanruf kann vergessen, eine Bemerkung falsch verstanden werden, aber ein anstößiges Dokument ist ein anderes Kaliber. Das war übrigens auch das Geheimnis des Eingabenwesens damals. Man setzte sich hin und schrieb einen Brief an den Staat, und der Staat sah sich außerstande, diese Briefe wegzuwerfen. Als Lehrer bist du ja automatisch auch immer so etwas wie die Dorfschreiberin, und ich habe Dutzende, wenn nicht Hunderte Eingaben für Leute im Dorf geschrieben. Am Ende versuchten sie es gar nicht erst selbst, sondern kamen gleich zu mir, ich hatte die kleine *Erika* im Vorraum, setzte mich hin und schrieb ihnen die Eingabe mit Durchschlag. Dafür bekamen wir Eier oder Gemüse oder Kuchen. Einmal hatte ich für Carsten eine Eingabe über Kies geschrieben und als er den Kies bekam, schenkte er mir ein Kaninchen. Ich musste ihm nur sagen, wann wir es essen wollen, an dem Tag brachte er es vorbei, frisch geschlachtet, gehäutet und ausgenommen. So war das eben.

Zu uns kam man für die Eingaben und zu Klempows wegen dem Telefonanschluss. Als LPG-Vorsitzender war Klempow natürlich privilegiert und bekam den Anschluss, aber hatte bei sich das Schild *Öffentlicher Fernsprecher* ans Haus zu schrauben und dann ging man dahin, wenn man unbedingt telefonieren musste, seine Frau hat das betreut, er selbst hat ja viel vom Betrieb aus gesprochen, wo er auch ein Telefon hatte, da konnte er zu Hause sparen. Johanna hat aufgeschrieben, wer wie lange mit wem telefoniert hat, und abkassiert. Meistens hat man mehr gegeben, es war ja egal, aber für Johanna kam wohl eine ganze Menge zusammen. Von dreihundert Mark konnte man eigentlich leben damals, und mit dem Telefonieren verdienten sie bestimmt hundert Mark pro Monat.

Michi hätte das alles jedenfalls nicht aufschreiben dürfen, eindeutig feindlich war es wohl auch wieder nicht, aber es war eben auch nicht richtig und sie haben ihn wegen seinem fehlenden Klassenstandpunkt aus dem Studium geschmissen, hat er gesagt. Und dann wollte er nicht zurück zu Mutti und ihrem neuen Freund, und im Studentenwohnheim konnte er nicht bleiben und da ist er zu Oma gezogen, eingezogen in sein altes Zimmer, in dem er immer im Sommer gewohnt hat. Er fand das gut und wollte in Ruhe überlegen, wie es dann weitergeht.

Aber dann musste er sich ja polizeilich melden und das hieß gleichzeitig, dass er eine Arbeitsstelle angeben sollte und da ging er eben zum alten Klempow und fragte, ob der ihn nicht anstellen könnte. Als was denn, wollte der LPGler dann wissen, du kannst doch nichts, Michi. Da hatte er ja recht aus seiner Sicht, denn in der LPG muss man anpacken können, irgendwas, Küche, Elektro, Garten, Traktor – irgendwas musst du können, wenn du in der Landwirtschaft tätig sein willst, und Michi war eben nie der Praktiker. Und dann, so hat es Klempow erzählt, hat Michi die Bücher im Regal gesehen und gesagt, dann nimm mich doch als Bibliothekar. Und Klempow hat gefragt, was für ein Bibliothekar, wir habe doch hier keine Bibliothek. Ist doch egal, hat Michi zu ihm gesagt, dahinten stehen doch ein paar Bücher. Du sollst mir ja auch nichts bezahlen, sondern einfach nur der Sozialversicherung bestätigen, dass ich bei dir Bibliothekar bin. Das kostet aber zwanzig Mark pro Jahr, soll dann Klempow gesagt haben und Michi hatte das schon geahnt und ihm hundert Mark auf den Tisch gelegt und gesagt, in fünf Jahren komme ich wieder. Und da hat Klempow das wohl gemacht, weil man sich ja auch von früher gut kannte und Maik und Michi ja immer noch befreundet waren. Dann konnte Michi in Ruhe überlegen, was er jetzt machen sollte, und er hat so lange überlegt, bis er wahrscheinlich vergessen hat, worüber er nachdenken wollte, und am Ende war er einfach nur auf Siegfrieds Hof.

Als ein paar Monate später Gerda starb, war er sogar ganz allein auf dem großen Hof. Gerda war ein paar Jahre älter als ich und eigentlich nie krank. Hier auf dem Dorf ist eigentlich niemand krank, weil es ja auch gar keinen Arzt gibt, der so was feststellen könnte. Wenn was ist, fährt man nach Pasewalk ins Krankenhaus, und da wird man dann operiert oder sie schreiben ein Medikament auf, Stunden hat man da früher gewartet, das hat man sich schon ganz genau überlegt, ob man krank war. Für die kleinen Dinge oder wegen neuer Rezepte fuhr man nach Rosow rüber, aber das lohnte sich ja auch nicht, weil Dr. Mühler sowieso nichts bei sich hatte, um dich zu untersuchen.

Bei Gerda soll es das Herz gewesen sein. Am Abend war ihr übel und am Morgen war sie tot, so hat Michi es erzählt. Keine siebzig geworden, aber was will man machen? Dann kam sie auf den Friedhof, zur Beerdigung waren alle aus dem Dorf da, und Ilona natürlich auch, und danach saß Michi ganz allein auf dem Hof. Was soll das, haben alle gefragt. Was soll ein junger Mann ohne Frau und ohne Ahnung von irgendwas allein auf dem Hof von Siegfried wohnen, so sagten ja alle noch wegen Gerdas Mann. Der Einzige, der sich das nicht gefragt hat, war Michi. Der saß einfach herum, hat sich um nichts gekümmert, nicht ums Haus, nicht um den Garten.

Im ersten Januar sind dem die Kohlen ausgegangen. Was dachte er, wo die Kohlen herkamen, haben sich alle gefragt. Wir hingen ja schon an der Fernwärme vom Kohlekraftwerk drüben, wie die meisten hier, aber Gerda hatte sich nicht anschließen lassen, und Michi wusste nicht, wie er an Kohlen kommen soll. Er kam zu mir herüber und ich habe ihm erst mal unsere Reste gegeben, und dann hat er in Schmölln angerufen, da war der Kohlenhändler, und weil Klempow ein gutes Wort für ihn eingelegt hat, bekam er eine Woche später seine Kohlen. Wenn Michi den Hof freigeräumt und den alten Wartburg von Siegfried weggefahren und vielleicht noch zwanzig Mark in der Hand gehabt hätte, dann hätten sie ihm die Kohlen wahrscheinlich auch direkt auf den Hof vor dem Stall gekippt, wo ja die Kohlen hingehörten auf dem Hof. Ich weiß nicht einmal, warum ich das weiß, aber so ist es eben auf dem Dorf, irgendwann weiß jeder alles. Ich meine, wir sind ja schon seit Jahrzehnten Nachbarn, da weiß man so was.

Aber Michi hat nichts gewusst, und da haben sie

ihm die Kohlen einfach vors Hoftor geschüttet, zehn Zentner Halbbriketts, wie der Braunkohlebruch so hieß. Und dann kam er raus und wollte die überreden, dass sie ihm das noch auf den Hof bringen, aber da haben die sich natürlich totgelacht. Das waren ja Könige, die haben sich doch nichts von so jemandem sagen lassen. Michi ist dann rausgekommen mit seinem Kohleneimer und hat ein paar Stunden lang geschleppt, dann wurde es ihm zu viel und er hat den Resthaufen einfach vor dem Tor liegen lassen, einen Tag, eine Woche. Dann ist ihm wohl aufgefallen, dass er nicht mit dem Auto vom Hof kommt, wenn da die Kohlen liegen, und so hat er den Rest auch noch langsam reingeschleppt. Im Winter ist ja nicht so viel los, weil die Leute weniger draußen sind, die waren richtig glücklich, etwas zu haben, über das sie sich unterhalten konnten im Konsum. Mir hat Michi leidgetan, aber er selbst hat sich nicht leidgetan, dem war das egal.

Im Frühjahr 83 hat das dann angefangen mit den Besuchern. Irgendwelche Leute von außerhalb, die mit Rucksäcken oder Koffern durchs Dorf irrten und nach Micha fragten oder nach der Adresse von Siegfrieds Hof. Ich weiß es noch ganz genau, eines Vormittags im Oktober stand plötzlich eine Frau im Ort wie aus der *Sibylle*. Eine schwarze Kurzhaarfrisur, ein langer Mantel, Absatzschuhe, Lippenstift und in der Hand so ein Köfferchen aus Kunstleder. Das war ein Schock. So eine Frau gehörte in Filme, auf Fotografien oder eben nach Berlin, aber was machte sie auf unserer Oberen Dorfstraße?

Als sie dann nach Micha fragte, waren die Gerüchte nicht ganz eindeutig. Man stritt sich im Konsum darüber, ob sie eine Freundin von ihm aus Studienzeiten oder eine Prostituierte war, die er sich bestellt hatte, obwohl es doch bei uns so was eigentlich nicht gab. Klar war jedenfalls allen im Dorf, dass sie und Micha Sex hatten, bei einer so aparten Frau fiel den Leuten eben nichts anderes ein. Ab und zu spazierte sie an der Oder entlang und rauchte Zigaretten, die meiste Zeit aber verbrachte sie auf dem Hof. Sie wird es hoffentlich nicht bemerkt haben, wie genau jede ihrer Bewegungen vom Dorf registriert wurde.

Man versuchte, Michi im Konsum oder sonst wo auszuhorchen, aber er war ja sehr still und wenig daran interessiert, zum Klatsch und Tratsch beizutragen. Alle waren davon überzeugt, dass sie jetzt bei ihm einzieht, aber dann fuhr sie nach ungefähr einer Woche wieder ab, im Stillen trauernd verfolgt von der ganzen Dorfgemeinschaft. Ein paar Wochen später kam der Nächste, ein junger Mann. Und so ging das los damals. Also das war jetzt keine Massenbewegung, zumindest am Anfang nicht, sondern ab und zu mal ein Mann, mehr Frauen, die kamen, dann bei Michi klopften. Nach einer Woche fuhren sie dann meistens wieder nach Hause.

Aus denen war nichts herauszubekommen, wir kannten die ja nicht, die traf man höchstens mal im Konsum, wenn sie Zigaretten kauften oder Wein. Das waren Städter, die kauften vornehme Sachen wie *Duett* oder *Goldkrone*. Sagten, sie sind Freunde von Michi, und lächelten einen so unnatürlich an. Das waren auch so Leute, die spazieren gingen. Einfach so, mitten in der Woche. Zogen sich ihre Jacken über und liefen die Oder entlang. In der Heizsaison konnte ich mir das ja noch erklären, weil er sicher nicht sehr gut geheizt haben wird bei sich, und ich dachte, die wollen sich vielleicht ein bisschen aufwärmen mit so einem Spaziergang. Aber die machten das auch, wenn es warm war und zu den unmöglichsten Zeiten. Zwischen zwölf und eins, wenn wirklich jeder Mittag macht, gingen die spazieren.

Auf dem Dorf geht keiner spazieren. Man geht zum Friedhof, um sich um das Grab von den Eltern zu kümmern, oder man geht zum Konsum oder man geht zur Nachbarin rüber, um eine Kuchenform zu leihen. Aber man geht doch nicht spazieren. Das würden manche hier als regelrechte Provokation empfinden, denn wenn man spazieren geht, sagt man ja damit auch, dass auf dem eigenen Hof alles fertig ist und man jetzt mal in aller Ruhe spazieren geht. Aber mindestens deine Dachrinne ist ja verdreckt oder der Zaun hinten nicht ausgebessert oder die Tomaten sind noch nicht ausgegeizt oder das eine Fenster hängt noch schräg in der Angel. Das ist es, was alle denken und keiner sagen würde. Ich bin hier noch nie spazieren gegangen.

Jedenfalls habe ich immer gedacht, dass Michi von diesen Besuchern Geld bekommen hat. Denn er hat geraucht wie alle und getrunken wie alle und er hat ja auch sonst im Konsum eingekauft und er musste seine Kohlen bezahlen und so weiter. Strom musste man damals nicht unbedingt bezahlen, man sollte das zwar, aber das hätte man auslassen können. Aber Michi hat immer bezahlt und ich dachte, es kann nicht von Gerda kommen, denn deren Rente war nicht so hoch, da wird sie kein Vermögen gespart haben, und als sie tot war, kam ja nichts mehr nach für Michi. Dessen offizielle Arbeit bestand inoffiziell darin, dem Klempow Geld zu bringen, damit der seinen SV-Beitrag als angeblicher Bibliothekar einzahlte. Verkauft hat er nichts, gehandelt hat er nichts, ich war mit Sicherheit nicht die Einzige im Ort, die sich gefragt hat, woher das Geld bei ihm kommt.

Was mich zu der Frage führte, warum diese Besucher ihm Geld bezahlen würden. Für sein Essen war es sicher nicht, ich glaube nicht, dass ausgerechnet Michi der eine von tausend Männern war, der nicht nur zu Weihnachten oder mit dem Grill kochen konnte. Er kaufte eigentlich alles Fertigessen im Konsum, was es damals so gab, Rouladen im Glas, Büchsenfisch oder Suppen, was weiß ich. Viel Kartoffeln hat er immer gekauft, die Pommern essen gern Kartoffeln, bei Michi fiel das nur auf, weil er sie im Konsum kaufte, die meisten besorgten die sich selbst vom Bauern oder aus der LPG und überwinterten die selbst. Sich die in der LPG an allen Handelsketten vorbei zu besorgen, war rechtlich nicht in Ordnung, aber es war so üblich, schließlich hatte jeder einen Autoanhänger auf dem Hof, und eine Hand wäscht die andere. Der Manfred bekam einen Zehner, wenn er beim Aufladen half, und man machte irgendeinen Witz mit *Volkseigentum*. Wenn alle auf dem Dorf dasselbe krumme Ding drehen, kann man sich wenigstens sicher sein, dass keiner den anderen anscheißt. Zu Hause legte man die Kartoffeln vorsichtig von Hand in die Miete. Es ist nämlich besser, wenn die Dinger nicht tausendmal irgendwo heruntergefallen sind, bevor sie auf den Teller kommen. Die *Karlena* hielten sich sehr gut in der Miete. Unsere privaten Kartoffeln für die Dorfbewohner waren sehr schön und handverlesen, das Zeug, was dann in den Handel kam, wollte man ja nicht gern haben.

Also für das Essen kamen die Leute nicht zu Michi, so viel war sicher. Und für die schöne Unterkunft auch nicht, an dem Haus hätte schon längst mal was gemacht werden müssen. Und darum dachte ich immer, dass die Leute da irgendwas Psychologisches machten, denn ich hatte überlegt, was denn Michi überhaupt so konnte oder nicht konnte, wofür ihn Leute von außerhalb besuchen sollten, und das Einzige, was mir einfiel, war das Psychologische. Denn sie hatten ihn zwar aus der Universität geschmissen, aber das Wissen aus seinem Kopf hatten sie ja nicht vorher entfernen können. Das hätte ihnen bestimmt gefallen, und wenn sie es gekonnt hätten, dann hätten sie das auch gemacht. Aber gelernt ist gelernt und die Gedanken sind frei und ich bin immer davon ausgegangen, dass diese merkwürdigen Gestalten eben was Psychologisches bei Michi zu tun hatten. Die hatten auch alle so ein leicht oppositionelles Aussehen, also Westparka oder gefärbte Haare oder sonst was – ich will sagen, die sahen nicht aus wie gute Genossen oder Jungaktivisten, keine Ahnung, wie gute Genossen aussehen, aber diese Gestalten sahen eben oppositionell aus, ohne dass ich das genauer hätte sagen können.

Als Michi dann mal wieder für die Bohrmaschine kam, habe ich ihn direkt gefragt. Da wollte er ein Regal anbringen in Omas altem Zimmer für seine Besucher. Ach so – Besucher, habe ich natürlich ganz neu getan. Ja, es kämen doch jetzt immer mal Besucher, das müsste mir doch aufgefallen sein, sagte Michi. Ja, jetzt wo du das sagst, stimmt, sagte ich. Da kommt ja immer mal der eine oder die andere vorbei, ich dachte, das seien alte Schulfreunde oder vom Studium oder was. Nein, sagte er, das seien Menschen, die kämen zu ihm wegen Hypnose. Hypnose? So was gab's doch nur früher auf dem Rummel, habe ich gesagt. Warum kommen die da zu dir? Ja, siehst du, sagte Michi, das denken immer alle, dabei ist Hypnose eine ganz normale psychotherapeutische Behandlungsform, und durch die Rummelvorführungen glauben die Menschen bis heute, das sei Hokuspokus. Aber er habe im

Studium einen alten Professor kennengelernt, der noch Hypnose konnte, und er habe sich dafür sofort sehr interessiert und den Professor gefragt, ob er ihm das nicht beibringen könne, und der Professor habe nicht etwa gemauert, sondern das sofort und sehr gern gemacht und darum könne er, Michi, heute Hypnose und das sei doch großartig.

Na ja, du bist damit bestimmt der Erste und Einzige in ganz Soldin, der Hypnose kann, sagte ich, selbst wenn man Rosow noch dazurechnet. Aber was wollen diese Menschen bei dir, warum kommen sie und machen Hypnose? Weil das nicht so viele Menschen können, sagte Michi, und er würde das eben anbieten für alle Zwecke und Lebenslagen. Die Leute, die hier so langspazieren, sehen aber ganz gesund aus, sagte ich dann, gar nicht wie Bekloppte oder wie man das nun richtig sagt. Das könne sein, sagte er, aber irgendwelche verborgenen Wünsche hätte doch jeder und er würde die mit der Hypnose erfüllen können.

Wir standen in meinem Vorraum, Michi in der Arbeitskleidung von Siegfried, die ihm wohl nie ganz passen würde, in der Hand die in einen Öllappen eingewickelte Bohrmaschine von Ernst und ich schon in meiner Kittelschürze, weil ich ja noch in die Brennnesseln musste später. Auf die Öllappen zum Schutz seiner Geräte hatte Ernst immer geschworen, und warum sollte ich ihm nicht weiter diesen Gefallen tun, auch wenn er schon tot war.

Und dann bezahlen dich die Leute dafür, fragte ich.

Wenn wir schon so weit waren, konnte ich auch diese ganz direkte Frage loswerden. Um Himmels willen, sagte Michi erschrocken, natürlich nicht. Das wäre ja in vieler Hinsicht verboten: Ich bin kein Psychologe, weil ich doch beim Studium rausgeflogen bin, und die Menschen sind keine offiziellen Kranken, und nur offizielle Psychologen dürfen für therapeutische Behandlungen von offiziellen Kranken bezahlt werden. Nichts davon traf auf ihn zu. Aber die Besucher würden sich manchmal, also eigentlich immer, an den Lebenshaltungskosten beteiligen, und wenn sie dabei mehr geben würden, als er selbst ausgegeben hätte, dann könnte man das ja unter Freunden wohl nicht verbieten. Verstehe, sagte ich, wie viel geben die denn? Du bist ja ganz schön neugierig, Lilo, sagte er, und er sagte, das könne man so genau nicht sagen, aber hundert oder zweihundert Mark würden schon pro Woche dabei rumkommen. Das sind ja Hotelpreise, habe ich da gesagt, aber er hat gesagt, das seien keine Preise, sondern eben Kostenbeteiligungen unter Freunden, und ich habe gesagt, von mir erfährt keiner ein Wort und er soll die Bohrmaschine nur pünktlich wieder zurückbringen, weil er ja weiß, dass Ernst seine Sachen ungern verborgt und ich ihm da auch heutzutage nicht in den Rücken fallen will, auch wenn er nun schon tot ist.

Anika

In dem Moment, bevor sie ihre zur Faust geformte Hand heben und damit gegen das grüne Holztor klopfen musste, erschien ihr das Ganze nicht nur dümmlich und sinnlos, sondern so, als würde sie die Dummheit und Sinnlosigkeit ihres Anliegens in diesem Augenblick realisieren, als wachte sie aus einem Tagtraum auf, aus einer haltlosen Phantasie, einer Art zweifelsfreiem Wahn. Es war, als würde sich die Realität langsam ächzend aus ihrer perfekten Tarnung erheben und Anika dadurch bestürzt zu erkennen gezwungen sein, dass sich nicht etwa die Realität die ganze Zeit über in der Landschaft versteckt hatte, sondern dass die ganze Zeit über die Realität diese Landschaft gewesen *war*. Alles geriet in Bewegung und nichts war so, wie es schien, weil sie einer Illusion verfallen war.

Wie war sie nur darauf gekommen, dass sich hinter einem verwitterten Holztor im Unteren Odertal ein Ausweg für sie öffnen könnte? Mit etwas Glück würde niemand auf sie schießen und sie würde sich lediglich einen Splitter beim Klopfen einreißen, aber sicher würde niemand dieses Tor öffnen, der ihr eine Reise nach Paris ermöglichen könnte. Also spürte

Anika in diesem Augenblick den starken Drang umzukehren, abzuhauen und nach Hause zu fahren. Wie war es ihr nur gelungen, die Realität so vollständig zu ignorieren, einfach auszublenden, dass hier nichts zusammenpasste? Sie hatte Urlaub eingereicht und sich eine Zugfahrkarte gekauft und hatte ihre Reisetasche gepackt, als wäre sie die Figur in einem Film, den sie selbst anschaut, ohne die Handlung zu verstehen, aber mit einem gewissen Interesse für den weiteren Verlauf.

Eines Nachts hatte sie mal wieder mit Doreen Wermut mit Zitronensaft gesoffen und dazu schachtelweise *Club* geraucht, und wie immer, wenn sie völlig betrunken war, hatte sie irgendwann von ihrer großen Reise nach Paris zu erzählen begonnen. Von der Ankunft in Orly, der Fahrt mit der 7 nach *Villejuif*, dem Hotel in *Montmartre*, den schönen Tagen am Eiffelturm, der Besuch von Morrison und Laurencin auf dem *Père-Lachaise*, der unvergleichliche *Café au lait* im *Café de la paix* und so weiter und weiter und weiter. Sie konnte jeden einzelnen Centime aufzählen, wofür sie ihn ausgegeben hatte, wie viel die Wochenkarte für die *Métro* und der Eintritt in den *Louvre* (nach 18 Uhr war es am Dienstag billiger) kostete.

Anika wusste, dass sie Doreen damit auf die Nerven ging, dass sie überhaupt jedem auf die Nerven ging. Ihre Frankreich-Monologe waren in jeder Hinsicht reichlich ungeschickt. Auch Männer konnte man damit nicht gerade von sich überzeugen, sie rückten verunsichert von ihr ab, wenn sie in diese Phase kam, weil sie nicht wussten, wie ihre detailversessenen Berichte fiktiver Reisen einzuordnen waren – handelte es sich um Wahngedanken einer geistig Kranken oder um den Reisebericht einer Frau, die einerseits hier saß, Schoppen um Schoppen *Grauer Mönch* trank und von ihrer Arbeit als Sekretärin im *VEB Lacke und Farben* erzählte, gleichzeitig jedoch so privilegiert war, Freizeitreisen nach Paris zu machen. Oder war sie einfach nur eine *Mitarbeiterin*, die einen zum Reden bringen wollte, wo Schweigen die bessere Option darstellte. So oder so hatte man mit so einer besser nichts zu tun und versuchte lieber, bei einer anderen zu landen.

Anika selbst fand es auch ein bisschen gefährlich, jedes Mal im Suff in stundenlange Monologe über ihre Traumreise nach Paris zu verfallen. Es war ja kein Geheimnis, dass der Geheimdienst viel Zeit damit verbrachte, die Bevölkerung auszuhorchen, und dass überall Spitzel sitzen könnten. Es erschien ihr zwar unwahrscheinlich, dass ihre alte Schulfreundin Doreen auch bei *Horch & Guck* war, aber wusste man's?

Wenn sie im Rausch ihre Hemmung verlor, fing sie nicht an, Wirtinnenlieder zu singen oder ihrem Busen die Männer zu zeigen, sondern sie erzählte von Paris, den Arrondissements, den Bussen, den Parks, den unfreundlichen Kellnern, den kleinen Booten im *Jardin du Luxembourg* und so weiter und so fort. Sie hatte diese Reise zusammengepuzzelt aus vielen unendlich kleinen Teilen – aus Fernsehberichten, aus Romanen, aus Zeitungsmeldungen und kleinen Reportagen im Radio. Wenn es irgendetwas aus Paris gab, fand es Anikas Aufmerksamkeit. Dabei hätte der französische Präsident – seit 1981 war es François Mitterrand, den Anika etwas weniger mochte als seinen Vorgänger, wobei sie von beiden keine politische Meinung hatte, aber den Namen *Valéry Giscard d'Estaing* herrlich unnötig kompliziert und französisch fand –, hätte dieser also einen Atomangriff auf die DDR verkündet, hätte diese Ankündigung Anika wohl weniger interessiert als die Frage, ob er direkt über die *Rue du Faubourg Saint-Honoré* oder über den Seiteneingang in der *Rue de l'Élysée* in den Palast gelangt war, von dem aus man einen so schönen Blick auf die *Champs Élysées* hat.

Sie konnte einfach nicht anders. Sie hatte diese Reise schon so oft in ihrem Kopf gemacht und geplant, die Details verfeinert, die Route perfektioniert, dass Paris einfach aus ihr herausdrängte. Der Umstand, dass diese Reise nie stattgefunden hatte und sich daran wohl auch in den nächsten knapp vierzig Jahren nichts ändern würde, machte die Sache nicht besser.

»Weißt du was?«, stieß schließlich Doreen in einer kurzen Pause hervor, die Anika in ihrem Paris-Bericht einlegte, weil sie überlegte, ob man von der Linie 4 in die 2 am *Gare du Nord* oder am *Barbès-Rochechouart* umstieg, »Ich habe was gehört, was dich sicher interessieren wird. Im Odertal soll es einen Typen geben, der einem jede Reise besorgen kann. Jede.«

»Im Oderbruch?« Sie sprachen beide schon ziemlich skandierend, weil ihre Kleinhirne zu betäubt waren, um sie bei den feineren Bewegungen der Zunge noch zu unterstützen.

»Nei-hein. Im Unteren Odertal«, sagte Doreen. »Das ist nördlich vom Oderbruch.«

»Ist doch das Gleiche.«

»Ja, das kann sein. Aber nicht dasselbe.« Ganz genau wussten sie beide nicht, warum sie nun lachten, aber das war nach zwei Flaschen *Gotano Bianco* mit Zitronensaft nie restlos zu klären.

Das Thema fiel dann unter den Tisch, über den an diesem Abend noch viele weitere bunte Themen rollten. Es fiel ihnen schwer, fokussiert zu bleiben.

Trotzdem sprach Anika ihre Freundin beim nächsten Treffen noch mal darauf an. Zum Glück waren sie zum Eisessen verabredet, so dass außer dem Eierlikör auf dem Schwedeneisbecher kein Alkohol im Spiel war.

»Du weißt doch noch letztens in der *Harmonie*?«

»Erinnere mich nicht daran!«, sagte Doreen entsetzt. »Es mag sein, dass die Thüringer unglaubliche Talente besitzen. Ich meine so goethemäßig. Aber von der Wermutherstellung sollten sie die Finger lassen.«

»Vielleicht haben wir auch einfach zu viel getrunken?«

»Auch das. Aber sieh mal: Wenn ich *Nordhäuser*

Kornbrand trinke – auch ein Thüringer alkoholisches Produkt –, dann brauche ich am nächsten Morgen zwei Glas Mineralwasser und eine Acesal, um den Tag gut zu überstehen. Nach einer Nacht voller *Gotano* erlebe ich am nächsten Tag die verschiedenen Kopfschmerzen wie einen Regenbogen in allen Farben des Schmerzes. Man sollte den Thüringern die Herstellung ausländischer Alkoholika nicht gestatten. Wobei ich da nicht nur auf unsere Freunde im Süden schimpfen möchte. Auch die Berliner bei *Schilkin* sollten sich ganz auf die Herstellung klarer Brände konzentrieren und die Finger vom Wacholderschnaps lassen, den *Gin* zu nennen einer Kriegserklärung an das Empire gleichkommt.«

»Mal ganz was anderes: Du hattest was erzählt von einem Typen, der jede Reise besorgen kann. In Untertal oder so? Stimmt das oder warst du da einfach schon betrunken? Oder ich.«

»Unteres Odertal«, bestätigte Doreen. »Das habe ich von einer Tante meiner Mutter, die da in der Nähe wohnt. Der Typ soll auf einem einsamen Bauernhof leben, aber nicht gefährlich sein. Und angeblich kann er dich mit Hypnose an jeden Ort bringen, an den du reisen möchtest.«

»Mit Hypnose?«

»So habe ich es verstanden. Aber du weißt, wie so etwas ist: Das ist, was meine Mutter mir erzählt hat, was ihr angeblich Tante Margrit gesagt hat über einen Mann, der bei ihr in der Nähe wohnt. Das kann auch wie *Stille Post* funktionieren und am Ende ist da nur mal ein Mann in einer Hüfthose durchs Dorf gelaufen.«

»Aber warum sollten sie sich dann davon erzählen?«

»Ich glaube ja auch, dass da was dran sein könnte, sonst hätte ich es dir nicht erzählt.«

»Weil du weißt ja, dass ich schon seit Längerem davon träume, mal nach Paris zu reisen …«

»Anika«, unterbrach sie ihre Freundin, »jeder, der dich länger als zwei Gläser Wein kennt, weiß, dass du davon träumst, nach Paris zu reisen. Einfach jeder. Du weißt, ich mag dich sehr, du bist meine beste Freundin, du bist klug und wunderschön und wir haben schon viel Schönes zusammen erlebt und auch viel Scheiße, aber irgendwie musst du diese Paris-Sache mal aus dir herausbekommen. Und da du noch lange nicht Rentnerin bist, musst du entweder noch dreißig Jahre damit leben, bis du das endlich mal in die Tat umsetzen kannst, oder wir finden langsam mal eine andere Lösung. Denn ich weiß nicht, wie oft ich es noch hören kann, dass du mit dem Rohr K nach Versailles fahren willst.«

»RER«, sagte Anika französisch, »und es ist die Linie L.«

»Wie dem auch sei«, sagte Doreen ungehalten, »Fakt ist, dass du vor 2023 weder mit der K noch mit der L oder einer anderen dieser Linien fahren wirst, und 2023 – das ist noch sehr lange hin. *Ich* werde es jedenfalls nicht durchhalten, noch knapp vierzig Jahre lang diese Geschichten von dir anzuhören.«

»Vierzig Jahre.«

»Knapp.«

»Ja.«

Sie schwiegen. Miteinander schweigen zu können, war beinahe das Schönste an ihrer Freundschaft.

»Und darum«, sagte Doreen, »wurde ich hellhörig, als mir meine Mutter von diesem Typen im Odertal erzählte, der dir vielleicht helfen kann. Und ich dachte, schaden kann es wahrscheinlich nichts, und hoffentlich nutzt es dir. Ich meine, du kannst ja sonst keine Urlaubspläne machen, die dir weiterhelfen.«

»Ja«, sagte Anika. »Auf Rügen oder im Thüringer Wald wird wohl kaum plötzlich eine *Métro* vor mir stehen. Da kann ich es ebenso gut auch mal in diesem ... Unteren Odertal? ... versuchen.«

»Mach das! Versuch es. Ich besorge dir von Mutti die genaue Adresse.«

Dann hatte Anika einen Becher Schwarzwälder Kirsch gegessen und Doreen einen Schwedenbecher, der angeblich der Lieblingsnachtisch von Walter Ulbricht gewesen sein sollte. Und ein paar Tage später hatte ihr Doreen tatsächlich eine Adresse mit Postleitzahl gegeben: Fabrikberg 2, 1321 Soldin.

»Fabrikberg?«, fragte Anika. »Komischer Name.«

Doreen zuckte mit den Schultern. »So hat sie es aufgeschrieben.«

»Na gut, Fabrikberg.«

Und jetzt stand Anika vor dem Haus Fabrikberg 2, einer Straße, die zwischen Unterer und Oberer Dorfstraße verlief, und klopfte gegen ein verwittertes Hoftor.

»Was machen Sie denn da?«, fragte sie da plötzlich jemand von hinten.

Erschreckt drehte sich Anika um. »Ich klopfe hier.« Das sah man doch.

Der Mann sah so aus, als würde er von hier sein. Er trug eine grobe blaue Leinenhose und undefinierbare schwarze Lederschuhe, in denen offensichtlich schon viele Stunden ländlicher Arbeit verrichtet worden waren. »Das kann ich sehen, aber zu wem wollen Sie?«

»Zu ... Micha.« So ausgesprochen kam es Anika völlig falsch vor. Sie stand in ihrer Popeline-Hose und den breiten Schulterpolstern eindeutig als Städterin, eindeutig als *nicht von hier* zu erkennend in einem Dörfchen namens Soldin auf einer Straße namens Fabrikberg und erzählte einem eindeutig von hier stammenden Mann, dass sie einen »Micha« suche, eine Person, die sie noch nie zuvor im Leben getroffen hatte und deren richtigen Vornamen sie wohl erraten konnte, deren Nachnamen sie aber definitiv nicht kannte, zumal an diesem Haus auch kein Klingelschild zu finden war, danach hatte sie ja gesucht, bevor sie angefangen hatte, gegen das Holztor zu klopfen.

»El«, sagte der Mann.

»Was?«

»Micha-el. Mein vollständiger und richtiger Name lautet Michael, und dass es den Leuten hier im Ort nicht gelingt, sich noch zwei Buchstaben mehr zu merken, daran habe ich mich gewöhnt, aber wenn das anfängt, Ausmaße anzunehmen, dann muss man dem Einhalt gebieten.«

»Michael.« Anika versuchte ein Lächeln und streckte ihre Hand aus, und Michael schüttelte ihren Arm durch.

»Und wollen Sie hier einziehen?« Micha zeigte auf den großen Koffer neben Anika, hellgraue Hartpappe, die von zwei vernickelten Metallbändern umfasst war, die in Schnappverschlüssen endeten, zwischen denen ein schwarzer Bakelit-Griff an seinen aufgeschraubten Gelenken lag. Wenn es nicht so ein hässlicher Gebrauchsgegenstand gewesen wäre, hätte man ihn als Familienerbstück bezeichnen können.

»Nein«, lachte sie nervös, »es ist nur ... ich hatte keine andere Tasche zu Hause und darum ...« Manchmal war es gut, dass man nicht jeden Satz beenden musste, aber bei aller Ungenauigkeit wusste Anika, dass sie keine Lust hatte, jetzt gleich die zehn Kilometer bis zum Bahnhof zurückzulaufen, während ihr der große Koffer im Takt ihrer Schritte ständig gegen die Beine schlug.

»Na, dann kommen Sie mal rein«, sagte Michael und Anika empfand das sowohl als ein Glück, wie sie es auch gleichzeitig hinterfragte, es als Glück zu empfinden, von einem unbekannten Mann in einer blauen Arbeitshose auf seinen Bauernhof am Rand der Welt eingeladen zu werden. Erschöpft und verwirrt fing sie zu ihrem eigenen Bedauern zu weinen an.

»Was denn? Sie wollten doch zu mir? Oder? Es gibt keinen anderen Micha am Fabrikberg, soweit ich weiß, gibt es überhaupt keinen anderen Micha in ganz Soldin.« Ihr Weinen hatte Michael wohl verunsichert, wodurch er plötzlich freundlich wurde.

»Nein, schon gut. Ich hatte nur Angst, dass ich jetzt gleich wieder zurück zum Bahnhof muss. Der nächste Zug zurück fährt schon in knapp zwei Stunden.«

»Das hätten sie mit dem Monstrum hier aber nicht geschafft«, sagte Michael, der ihr den Koffer abgenommen hatte. »Aber wenn Sie wollen, kann ich Sie zum Bahnhof fahren.«

»Das ist nett«, sagte Anika. »Aber ich bin ja nicht hierhergekommen, um mich schnellstmöglich wieder zum Bahnhof bringen zu lassen.«

Das Gebäude war als Vierseithof angelegt, mit seitlich gelegenen Stallungen und einer Scheune als hinterem Abschluss. Sie gingen über den Hof, der von Hühnern besetzt war, an einem alten Wartburg 311 vorbei, mit dem Michael sie wohl zum Bahnhof gefahren hätte, und über ein paar krumme Steinstufen ins Haupthaus. Der Wartburg hatte eine kleine Schneise zum Tor hin und die Hühner hatten ein kleines eingezäuntes Haus. Außer Auto und Hühnerhaus war nur eine alte grüne Pumpe als funktionierender Gegenstand erkennbar. Davon abgesehen war es beeindruckend, wie viel Zeug auf einem Hof stehen konnte: Haufen alter Ziegelsteine in verschiedenen Farben, grobe Folien, die offensichtlich irgendwann mal für irgendwas benutzt worden waren und nun hier auf eine eventuelle erneute Nutzung warteten, verschiedene, aus alten Brettern zusammengehämmerte Holzverschläge unklarer Funktion, Flaschen, Kisten – Zeug. Es gab einen Weg zum Haus und einen Weg zu einem der Stallgebäude, sonst stand einfach alles voll mit irgendwelchen Gegenständen.

Nachdem er die Tür geöffnet hatte, standen sie sofort in einem Raum, den man wohl als Küche zu bezeichnen hatte. Früher hatte man es vielleicht als Vestibül bezeichnet, von der architektonischen Anlage schien der Raum als Eingangsbereich entworfen, von dem man in die links und rechts gelegenen Teile des Wohnhauses gelangen konnte. Vermutlich hatte es früher auch zur Straße hin eine Eingangstür gegeben, die dann irgendwann teilweise zugemauert und teilweise durch ein Fenster ersetzt worden war, sodass der Blick von der Eingangstür direkt zur Straße durchging.

Dass Michael diesen Raum vermutlich die Küche nannte, schloss Anika daraus, dass links und rechts an den Wänden Tische oder als solche dienende Konstruktionen aufgestellt waren, auf denen wiederum links eine große Milchkanne, ein Tauchsieder, ein großes Becken und ein Geschirrabtropfer auf einem alten Tablett standen, sowie auf dem Boden mehrere Eimer, die teilweise mit Wasser gefüllt waren, während sich rechts einige Töpfe und Pfannen stapelten und daneben wiederum eine transportable Doppelkochplatte in einem ehemals weißen Emaille-Gestell. Unter dem Fenster stand ein kleiner, alter Kühlschrank und daneben ein wackliges Lebensmittelregal, von der Decke hing eine Glühbirne an der Lüsterklemme, deren stoffumwickelter Draht auf dem Putz zu einem Drehschalter aus schwarzem Bakelit führte.

»Rustikal«, entfuhr es Anika.

»Na ja«, sagte Michael, »auf dem Dorf wohnen wir eben ein bisschen anders als in Marzahn und Hellersdorf.«

Andererseits gibt es Nuancen zwischen *Saint-Germain-des-Prés* und Sibirien, dachte Anika, nickte aber nur zustimmend. Schließlich hoffte sie, dass dieser merkwürdige Mann ihr helfen könnte, da wäre es doch blöd gewesen, sich über seine Wohnverhältnisse zu mokieren. Aus Diskussionen über Camping wusste Anika, dass andere Menschen wirklich freiwillig bereit waren, auf die Vorteile eines zivilisierten Lebens zu verzichten.

»Hier wäre dein Zimmer, wir sagen doch Du?« Michael stieß die linke der beiden von der Küche abgehenden Türen auf, die in einen dunklen Flur führte. Er öffnete die erste, auf der Straßenseite gelegene Tür zu einer Großmuttergruft wie aus einem Märchen.

Der Raum wurde dominiert von einem hoch stehenden Bauernbett aus dunklem Holz, in einer Ecke an der Wand stand ein mit dunkelgelbem Brokatstoff behängter Ohrensessel und neben dem Bett ein Stuhl aus hellerem Holz mit gedrechselten Beinen. Direkt neben dem Bett lungerte eine Stehlampe mit einem ebenfalls dunkelgelben, mit Quasten in Dunkelgold verzierten Stoffschirm.

»Hier hat meine Oma gewohnt.«

»Ja, das dachte ich mir ungefähr«, sagte Anika.

»Aber das Bett ist gut, da kannst du schlafen.« Sie war nicht begierig darauf, die anderen zur Auwahl stehenden Zimmer in Augenschein zu nehmen. Wenn Michael ihr dieses hier, ohne zu zögern, anbot, würden die anderen noch schrecklicher aussehen, und immerhin war er nicht auf den Gedanken gekommen, dass sie beide in seinem Bett schlafen könnten.

»Das Bett ist unter der Tagesdecke sogar bezogen, glaube ich. Wenn nicht, findest du Bettwäsche gleich in dem Schrank.«

»Ja. Danke.«

»In ungefähr einer Stunde mache ich Abendbrot, Kartoffeln mit Leinöl. Willst du auch was?«

»Äh, ja, das wäre schön.«

»Gut.«

»Kann ich mich hier irgendwo kurz waschen?«

»Ja, in der Küche. Mach dann lieber gleich, dann setze ich die Kartoffeln auf, wenn du fertig bist.«

»Ja.«

»Dann setze ich jetzt erst mal Wasser für dich auf und dann mache ich Abendbrot, ja?«

Als Anika wieder in die Küche kam, stand ein großer dunkelblauer, mit Gänseblümchen verzierter Emaille-Topf auf der größeren Kochplatte.

»Hier, der orange Eimer ist das frische Wasser, das machst du dir zusammen mit dem heißen Wasser hier in der Waschschüssel zurecht. Nimm nicht alles heiße Wasser aus dem Topf, wenn du es nicht brauchst, der Rest ist dann gleich für die Kartoffeln. Hier steht die Seife, und wenn du brauchst, gibt es Waschlappen im Wäscheschrank. Das gebrauchte Wasser schüttest du dann hier in den dunkelblauen Eimer, das ist dann Abwasser.«

»Und was passiert dann mit dem Abwasser?«

»Das schütte ich in den Flieder.«

»Und wo ist die Toilette?«

»Übern Hof im Schafstall.«

»Im Schafstall?«

»Ja. Aber mach dir keine Sorgen, das ist kein Plumpsklo oder so. Da steht auch ein Eimer daneben, und das ist die Spülung.«

Offensichtlich war Anika mit dem Zug in die Vorkriegszeit gereist, wo man sich in Waschschüsseln aus angegelbtem Steingut wusch, das Wasser aus der Hofpumpe bezog und Pellkartoffeln mit Leinöl aß. Zum Glück hatte sie die Rückfahrtszeiten in die Moderne in der Handtasche und würde morgen wieder duschen können. Anika reinigte sich mit dem Frotteewaschlappen, schüttete das Seifenwasser in den blauen Eimer und füllte noch Wasser aus dem orangefarbenen Eimer mit dem Schöpfbecher in den Kochtopf. So ein Ausflug in vormoderne Zeiten hatte auch seinen Reiz, wenn man wusste, dass es ein Zurück gab. Warum ein Mensch sich das freiwillig antat, verstand sie nicht. Das wäre ungefähr so, als würde es einem beim Camping so gut gefallen, dass man für ein Zwei-Personen-Zelt die eigene Wohnung aufgab. Na ja, für die Wohnungsknappheit wäre das die Lösung gewesen.

Immerhin gab es Butter und Rotwein als Bonuszutaten. Schon ihre Mutter hatte früher vergeblich versucht, Anika von den Vorzügen von Leinöl zu überzeugen. Aber mit Butter schmeckten die Kartoffeln, und Alkohol war aus Anikas Sicht mehr als unverzichtbar, wenn man hier lebte.

Michael hatte gleich nach den Kartoffeln wieder Wasser in den blauen Topf gefüllt, mit dem sie jetzt den Abwasch machen konnten. Dafür gab es eine andere weiße Emaille-Schüssel mit blauem Rand für die Körperpflege. Anika wusch das Geschirr und Michael trocknete ab, weil er wusste, wo was hingehörte.

Danach setzten sie sich wieder an den Küchentisch und Michael goss *Egri Bikavér* in zwei alte Senfgläser; dass das *Stierblut* bedeutete, war die eine ungarische Vokabel, die jeder kannte. Es war sehr still, auch weil seit zwei Stunden zum ersten Mal die Herdplatte ausgeschaltet war, die das Wasser in diesem Haus erhitzte. »Hast du überhaupt schon mal Hypnose gemacht?«, fragte er unvermittelt. Entweder hatte er verlernt, ein normales Gespräch zu führen, oder er hatte diese Kunst nie beherrscht.

»Hypnose?«

»Ja, deswegen bist du doch hier?«

»Ich bin hier wegen ... Paris.« Wenn sie es so aussprach, kam es ihr komisch vor. Wer fuhr von Berlin an die polnische Grenze, um nach Frankreich zu kommen?

»London, Paris, New York – was auch immer. Was denkst du, wie ich das machen soll?«

»Keine Ahnung«, sagte Anika. »Die Mutter einer Freundin hat davon gehört und darum ...«

»Hypnose«, stellte Micha fest. »Wir machen das mit Hypnose. Aber du hast das noch nicht gemacht?«

»Nein. Hast du das schon gemacht?«

Jetzt musste Micha lachen. »Du bist gut! Ob ich das schon gemacht habe. Du hast über die Mutter einer Freundin von mir gehört und fragst, ob ich das schon gemacht habe. Was denkst du, woher die Mutter dieser Freundin auf den Gedanken gekommen ist?«

Anika zuckte mit den Schultern, er hatte einen Punkt.

»Ich habe das schon oft gemacht, ich kann dich beruhigen. Was denkst du, wovon ich lebe?«

Anika schaute sich in der Küche um. Was man so

leben nennt, dachte sie. »Du arbeitest offiziell als Hypnose-Doktor in Soldin?«

»Nicht offiziell«, gab Michael zu. »Offiziell bin ich Bibliothekar bei der LPG Pflanzenproduktion *Frohe Zukunft*. Davon bezahle ich den SV-Beitrag. Aber eigentlich mache ich seit Jahren Hypnose.«

»Alles ohne Termin, ohne Sprechstunde?«

»Natürlich. Sind ja nur private Treffen mit Freunden.«

»Aber wenn jetzt noch jemand hier gewesen wäre?«

»Ach was! Manchmal kommt im Monat einer, manchmal keiner. Dass zwei Personen auf einmal kommen, ist noch nie passiert, und auch das wäre halb so schlimm. Würde sich schon irgendwie regeln.«

»Und das kostet Geld? Davon wusste ich nichts«, sagte Anika defensiv.

»Nur wenn du willst, keine Unruhe. Die meisten geben was, aber ich brauche ja kaum was. Also keinen Stress. Stress ist auch nicht gut für Hypnose.«

»Und was muss ich da machen? In der Hypnose, meine ich.«

»Du musst gar nichts machen. Aber ich will da jetzt auch nicht stundenlang drüber reden. Hypnose ist ganz einfach und lässt sich ganz schlecht erklären. Mach dir keine Sorgen – das kann eigentlich jeder und es passiert nichts Schlimmes, um die zwei häufigsten Fragen mal gleich zu beantworten.«

Anika bereute ihre Idee, sich die Zähne draußen zu putzen. Sie hatte gedacht, dass es praktischer sei, gleich in die Fliederhecke zu spucken, war aber dort sofort von einem Schwarm Mücken angegriffen worden, der sich freudig auf sie stürzte. Die vielen Stiche und die Ungewissheit des morgigen Tages ließen sie schlecht einschlafen. Sie hatte das Gefühl, hier ihre Zeit zu verschwenden, aber es war nicht so schlimm, weil sie dieses Gefühl auch zu Hause hatte. Morgens aufstehen, zur Arbeit gehen, abends saufen, im Suff von Paris träumen, um morgens wieder in Berlin-Lichtenberg aufzuwachen und zur Arbeit zu gehen. Doreen und Anja meinten ja immer, sie sollte es mal ernsthaft mit Männern versuchen, aber Anikas bisherige Erkundungen hatten da keine überzeugenden Ergebnisse geliefert. Männer waren sehr bedürftig und bereit, sich einige Tage lang anzustrengen, damit diese Bedürfnisse befriedigt wurden. Während dieser Anstrengungstage wirkten sie wie freundliche, verträgliche Menschen, danach und meistens einfach wieder wie Männer.

Das Einzige, was ihr Spaß machte, ihr Hobby, war es, die Antiquariate nach französischen Romanen zu durchforsten, beim Leipziger Dokumentarfilmfestival französische Filme anzuschauen, Interviews mit *fortschrittlichen* französischen Künstlern zu lesen und so weiter. Aber natürlich war all das auch wegen seiner Sinnlosigkeit zumindest *une amitié ambigüe*, es waren Vorbereitungen auf eine Reise, die sie niemals antreten könnte. Insofern war es im Grunde gleichgültig, wo sie die Schleifen der Sinnarmut ihres Lebens drehte, aber sie hätte sich wenigstens gern dabei morgens geduscht.

»Es ist gut für Hypnose, wenn man schlecht geschlafen hat«, sagte Michael. Mit den eingeschränkten hygienischen und kosmetischen Möglichkeiten und den vielen Stichen im Gesicht konnte man ihr ansehen, wie müde sie war. Davon abgesehen hatte sie auch keinen Grund gewusst, sich für diesen schratigen Mann irgendwie zurechtzumachen. Sie wollte so schnell wie möglich die Hypnose wenigstens ausprobieren, für die sie ja immerhin diese dämliche Reise gemacht hatte, um dann mit etwas Glück schon wieder im Mittagszug nach Hause zu sitzen. Sie hatte dann noch eine ganze Woche Urlaub und vielleicht würde sie die bei ihrer Mutter im Garten verbringen können, wo es immerhin fließend warmes Wasser und zum Frühstück etwas anderes als Graubrot und Bierschinken gab.

»Wann wollen wir heute loslegen?«, fragte Micha.

»Von mir aus gleich.«

»Sehr gut. Lass uns noch schnell aufräumen, und dann können wir anfangen.«

Immerhin hatte er ein richtiges Behandlungszimmer eingerichtet, Anika war überrascht. Es befand sich gleich hinter der ersten Tür auf der anderen

Seite des Mehrzweckraums, wie sie die Mischung aus Eingangshalle, Bad, Küche und Esszimmer für sich nannte. Das Behandlungszimmer war überraschend hübsch, ein tagheller Raum mit lindgrünen Stofftapeten. An der Wand stand eine alte Ottomane, über die Michael ein Laken gelegt hatte, daneben stand ein kleiner, einladend aussehender Sessel.

»Meine Großmutter hat hierzu immer *Stube* gesagt«, erklärte Micha. »Du kannst sitzen oder liegen, wie du willst.«

»Und dann verwandelst du mich in ein Huhn?«, fragte Anika.

»Ja«, sagte Micha, »woher das mit dem Huhn kommt, frage ich mich auch schon länger. In der Psychologie sprechen wir ja vom *Kollektiven Unterbewussten*. Und irgendwo dort muss sich die Vorstellung eingegraben haben, dass der Proband in der Hypnose zu einem Huhn verwandelt wird. Mit der Wahrheit hat das überhaupt nichts zu tun. Man könnte Hypnose auch mit *Angeleitete Entspannung* übersetzen – die Probandin liegt da und der Hypnotherapeut macht Vorschläge zur Entspannung, die von der Probandin angenommen oder abgelehnt werden können, beides ist völlig in Ordnung.«

»Aber ich verliere die Kontrolle?«

»Eigentlich nicht«, sagte Micha. »Aber es ist kompliziert. Es gibt deine Emotionen und es gibt deine Kognitionen und beide befinden sich in einem ständigen Wechselspiel. Um in einer Gesellschaft gut funktionieren zu können, muss die Kognition überwiegen, damit wir uns gegenüber unseren Mitmenschen im Griff haben.«

»Klar.«

»Dennoch haben wir unsere Emotionen, die wir spüren, die Sehnsüchte wecken, Ängste verursachen. Und auch diese wollen wir verstehen. Wir haben es uns aber so stark angewöhnt, den Kognitionen den Vorrang einzuräumen, dass es manchmal zu innerpsychischen Konflikten kommen kann. Mit der Hypnose versuchen wir, einen Zustand zu schaffen, in dem die Kognitionen etwas weniger stark sind, dadurch mehr Platz für andere Gedanken vorhanden ist, und schauen, was der Geist aus dieser Möglichkeit macht.«

»Das klingt unheimlich kompliziert.«

»Ich habe ja gesagt, es ist viel leichter, Hypnose zu machen, als sie zu erklären.«

Michael zeigte jetzt in Richtung der Sitzgelegenheiten, und Anika legte sich auf die Ottomane. Sie war am Ende der Welt in einem Haus ohne fließendes Wasser gelandet, sie konnte sich jetzt auch genauso gut hinlegen. Sich in den Sessel zu setzen, um etwas mehr Kontrolle über die Situation zu behalten, wäre ihr angesichts der Gesamtsituation unstimmig vorgekommen.

»Sehr gut«, sagte Micha. »Eigentlich klappt es im Liegen viel besser, aber ich lasse den Probanden gern die Wahl.« Er setzte sich jetzt in den Sessel, sie schauten beide zum Fenster heraus in Richtung des Walnussbaums, der auf dem Hof stand.

»Wenn du willst, kannst du die Augen geöffnet halten oder schließen – das ist ganz deine Entscheidung. Versuche, dich auf die Stellen zwischen den Gedanken zu konzentrieren, die kurze Zeit, wenn ein Gedanke einen anderen abwechselt. Du denkst: ›Wann muss ich das Buch zur Bibliothek zurückbringen?‹, und unmittelbar danach denkst du: ›Meine Lieblingsfarbe ist Grün.‹ Und dazwischen, zwischen zwei Gedanken, gibt es eine kurze Phase des Nichts, auf die ich dich zu konzentrieren bitte ...«

Anika blinzelte, als sie die Augen wieder öffnete. Der Walnussbaum stand immer noch vor dem Fenster, das Licht war etwas anders.

»Wie lang war das jetzt?«, fragte Michael.

»Was?« Anika war verwirrt, wie nach einem tiefen Schlaf, gleich so schwere Fragen. »Zwanzig Minuten?«

»Eine Stunde zehn Minuten«, lächelte Micha. »Das ist gut. Es ist gut, wenn das Zeitempfinden verschwindet, es ist bei manchen Teil der Kognition.«

»Ich ... ich war ... in Schönefeld. Sie haben meinen Koffer durchwühlt, aber nichts gefunden. Das ganze Flugzeug war voller alter Männer mit Parteiabzeichen in Malimo-Anzügen, bis auf ein französisches Pärchen in Reihe sieben und einen französischen Mann, zwei Reihen vor mir. Es kam mir vor ..., er sah ein bisschen aus wie Alain Delon. Ich wusste nicht, ob es wirklich

Alain war und er versuchte, nicht erkannt zu werden, oder ob es jemand war, der ihm nur ähnlich sah, und der deswegen auf mich diesen Eindruck machte. Es war auf jeden Fall sehr aufregend, elektrisierend. Was macht Alain Delon in der DDR, habe ich mich gefragt. Die ganzen schwitzenden Ostmänner mit ihren Fasson-Frisuren haben mich angestarrt wie Freiwild und haben sich wahrscheinlich gefragt, warum ich ein Visum nach Paris bekommen habe, und ich habe sie von oben herab angesehen, niemals würden sie das herausfinden. Wenn ich jetzt ... Ich wusste es selbst nicht. Aber es war mir egal. Ich wusste, sobald wir in *Charles de Gaulle* gelandet sind, bin ich *une parisienne* und keine Ostdeutsche mehr und ich fühlte das Ostdeutsche aus mir verschwinden, die Pariserin herauskommen, ich hatte schon einen kleinen französischen Akzent, aber noch war es zu früh, denn wir hatten ja noch nicht abgehoben. Die Flugbegleiterin servierte dann Jägerschnitzel. Sie trug eine beige Uniform, und der Rock hatte vorn so eine ungewöhnliche Bügelfalte ... Ich habe keine Ahnung, woher ich das weiß ... Ja.«

Anika schaute verträumt durch das Fenster und ließ die schönen Erlebnisse nachklingen. Sie fühlte sich sehr glücklich. Michael saß nur schweigend in seinem Sessel und schaute ebenfalls aus dem Fenster. Das machte er sehr gut, Anika hätte ihm jetzt keinesfalls irgendwelche Fragen beantworten wollen.

»Muss ich dir jetzt alles erzählen? Oder habe ich die ganze Zeit geredet?«

»Keineswegs«, sagte Michael. »Du solltest mir nur sagen, wenn dich irgendetwas konkret gestört hat, dass die Liege zu hart war oder ich zu laut gesprochen habe. Ansonsten ist das eine Angelegenheit zwischen dir und deiner Psyche.«

»Aber«, sagte sie nach einer Weile.

»Ja?«

»Warum bin ich nur bis ins Flugzeug gekommen? Ich wollte doch eigentlich nach Paris, die *Champs Élysées* entlangspazieren, ins *Musee d'Art Moderne* gehen.«

»Das geht nicht«, sagte Micha.

»Das kann ich mit der Hypnose nicht schaffen?« Anika war enttäuscht. »Ich hatte so genaue Vorstellungen vom Flughafen und vom Flugzeug und von meinem Sitz und von dem Essen an Bord.«

»Nein, das meine ich nicht. Man kann das alles nicht auf einmal schaffen. Schau mal, eine Reise verläuft nun mal über einige Tage, manchmal Wochen. Es ist völlig falsch, die ganzen Erlebnisse einer Reise in eine Sitzung stopfen zu wollen. Verstehe mich nicht falsch – von der Hypnose her wäre das möglich, aber es ist zu viel für das Gehirn. Du hast dann nicht das Empfinden und die Erinnerungen an eine Reise, sondern eher das leicht kopfschmerzgetränkte Vergnügen, als hättest du einen sehr fesselnden Roman an einem Tag ausgelesen. Wunderschön, aber nicht wirklich. Deswegen schlage ich am ersten Tag immer nur Gedanken über und für einen ersten Tag vor.«

»Ja«, sagte Anika nachdenklich. »Romane zum Thema habe ich schon genug gelesen.«

»Das dachte ich mir«, sagte Michael. »Es ist eigentlich bei den meisten so.«

»Und morgen geht es dann weiter?«, fragte sie. Der Gedanke, in ein paar Stunden den Zug nach Berlin zu nehmen, war auf einmal ganz weit weg.

»Ja. Landung, Fahrt in die Stadt, Registrierung im Hotel, das Zimmer, das Bett, eine erste Begegnung mit der Stadt.«

»Aber woher kennst du mein Hotel, woher weißt du, wie ich in die Stadt kommen will, woher weißt du das alles?«

»Ich weiß es nicht«, sagte Micha. »Du weißt es, du weißt es ganz genau. Ich kann dir in der Hypnose nur vorschlagen, die Schubladen in deinem Gehirn zu öffnen, die Gedanken, Gefühle, die Sinneswahrnehmungen herauszulassen, zuzulassen, an die richtige Stelle zu setzen, das zu tun, was du genau an dieser Stelle gern tun würdest.«

»Und das funktioniert?«

»Besser als ein Roman, besser als jeder Film, der ja auch nur *deine* Gedanken anregen will, *dich* einbeziehen will. In der Hypnose bist du die Hauptdarstellerin. Wenn man es kann, wenn man sich darauf einlässt, kann keine echte Reise so schön sein wie eine in Hypnose.«

»Wahnsinn.«

»Ja.«

»Hör zu«, sagte Anika, die jetzt zu ihrem eigenen Bedauern weitgehend aus ihrem schönen Hypnose-Zustand aufgewacht war, »gibt es einen wichtigen Grund, dass das Zimmer deiner Großmutter weiterhin so aussieht, wie es aussieht?«

»Nein«, sagte Michael verwundert.

»Weil ich es gern etwas neuzeitlicher gestalten würde, wenn ich dort noch eine ganze Woche zubringen soll. Ich ersticke sonst in diesem Braun.«

»Nur zu«, sagte er. »Ich hatte keinen besonderen Grund, es zu renovieren. Es ist ja noch alles in Ordnung.«

»Das kann man so oder so sehen«, sagte Anika und bedauerte, dass es vielleicht etwas zu schroff herübergekommen sein könnte.

Die Hypnose dauerte nur eine gute Stunde pro Tag, sodass Anika viel Tagesfreizeit hatte, und Soldin war ein Ort, der wenig Ablenkungen bot. Ein Spaziergang den Fabrikberg herunter, die Untere Dorfstraße an der Oder entlang, am Knochenwinkel auf die Obere Dorfstraße zurück zum Fabrikberg oder umgekehrt, war im Prinzip schon das größte touristische Vergnügen der Gegend. Sie hätte Waldspaziergänge machen oder vielleicht in einem Kahn auf der Oder fahren können, aber beides war im Grenzgebiet nicht ganz so einfach, und so sehr interessierte sich Anika nicht für die Natur, dass sie dafür irgendeinen Aufwand betrieben hätte. Sie veränderte lieber die Farben in der Großmuttergruft, soweit das mit einfachen Mitteln möglich war. Die braunen Stoffe, einschließlich der grauenvollen Übergardinen, verschwanden in den großen Schrank, beziehungsweise verschwanden sie dort erst, nachdem Anika alles, wirklich alles, aus diesem Ungetüm herausgeräumt hatte, um dann doch vieles wegzuschmeißen – alte, mottenzerfressene Mäntel, die das letzte Mal vor Jahrzehnten getragen worden waren, Hosen aus völlig morschen Stoffen, die beim festen Zufassen fast zerbröselten, ebenso wie die Unterwäsche, deren Gummizüge allesamt nicht mehr elastisch waren.

Michael beobachtete Anikas Aktionismus aus einer leichten Distanz. Er selbst war offensichtlich eher ein Mensch, der sich in den vorhandenen Verhältnissen einrichtete, aber er hatte nichts dagegen, von Teilen des ihn umgebenden Mülls befreit zu werden, zumal sich Anika außerdem auch um die Führung der Küche verdient machte. Im Dorfkonsum kaufte sie drei Gewürze, was dazu führte, dass es nun fünf verschiedene Aromen zur Verfeinerung von Speisen gab, wenn man Salz dazurechnete. Außerdem kochte Anika jeden Tag, nicht etwa, weil sie sich als *Frau im Haus* gesehen hätte, in den meisten Haushalten, die sie kannte, hatten Männer sowieso keine besondere Rolle gespielt. Ihr Vater war damals mit einer Serviererin aus der Kantine vom *Elektrokohle* durchgebrannt und hatte dann noch mal zu Hause angeklopft, als »er wohl gemerkt hatte, dass die nicht den ganzen Tag in ihrer kurzen Schürze herumrennt und flotte Sprüche macht«, wie Mutti es ausgedrückt hatte. Erstaunlich, dass er seine Frau in fünf Ehejahren so schlecht kennengelernt hatte, es überhaupt noch einmal bei ihr zu versuchen. Die kleine Anika war damals trotzdem ein bisschen traurig gewesen, bis sie festgestellt hatte, dass sie durch die Scheidung auch nicht mehr zu Oma Roswitha fahren mussten, dann war es ihr mehr oder weniger egal gewesen.

Anika war also keineswegs der Meinung, dass eine Frau den Haushalt zu führen habe, war aber der Meinung, dass ein Haushalt nicht führerlos dahindümpeln sollte, insbesondere nicht, solange sie ein Teil davon war. Und so wie sie die Küchensituation las, wäre es wohl auf das tägliche Essen von Kartoffeln hinausgelaufen. Micha hatte ihr voll Stolz seine *Kartoffelmiete* gezeigt, wie er es nannte – eine große Holzkiste voller Kartoffeln, die in einem Verschlag im ehemaligen Schafstall stand, eine Tür weiter als die sogenannte Toilette, genug, um ein Jahr lang jeden Tag Pellkartoffeln zu essen, wie es Anika schien. Zum Glück gab es im Dorfkonsum viele moderne Lebensmittel wie Linsen und Reis zu kaufen, sogar Fleisch kam einmal in der Woche am Donnerstag.

Sie konnte sich nicht wohlfühlen auf dem Hof, aber wenn sie schon dort Zeit verbringen musste, dann entschied sie sich lieber dafür, den Stein den Berg hinaufzurollen. Anika hätte sich nicht mit einem Buch auf ihr Oma-Bett legen oder ans Oderufer setzen wollen, es beruhigte sie, in die richtige Richtung zu arbeiten, ihr Zimmer, das Klo oder das Küchenregal am nächsten Morgen in einem besseren Zustand vorzufinden als am Tag zuvor. Doch sie blieb natürlich nicht für den Hof, dem sie keine Chance gab und der nach ihrer Abreise gewiss wieder tief in sein Micha-Chaos versinken würde. Sie blieb trotz des Hofs, und der Grund dafür war ihre Reise nach Paris.

Diese Reise verlief nämlich nicht so, wie Anika sich das gedacht hatte, sondern noch viel, viel besser. Ihr Mitreisender aus dem Flugzeug stellte sich tatsächlich als der echte Alain Delon heraus, der durch eine Verkettung glücklicher Umstände gerade eine Drehpause hatte und sie gern auf ihrer ersten Paris-Reise begleitete. Irgendwie wusste Anika natürlich, dass das alles nur ein schöner Traum war, aber wenn sie tatsächlich Alain Delon auf einem realen Flug getroffen und der ihr seine Begleitung durch Paris angetragen hätte, wäre ihr das viel unwirklicher vorgekommen, als es ihr auf dieser Reise erschien. Es war einfach wunderschön und brachte ihre Reise zu einem hellen Leuchten. So konnte sie nicht nur auf den *Tour Eiffel* steigen, sondern oben mit Alain an der Brüstung stehen, ihren breitkrempigen Sommerhut festhalten, während sie beide Sonnenbrillen trugen und lachten. So saß sie nicht allein auf dem *Bateau Mouche* und stand nicht verloren am Grab von Jim Morrison auf dem *Père-Lachaise,* sondern küsste sich dort mit Alain Delon. Eine bessere Reise war einfach nicht denkbar.

Jedes Mal kam sie aus der Hypnose zurück, glücklich über das Erlebte und tief enttäuscht, dass es vorbei war. Besonders süß waren die Tausenden von Details, die sie erlebt hatte – die leicht angeschlagene Tasse im *Café*, die Alain hatte zurückgehen lassen, der Geruch verschiedener Parfums in der *Métro*, das elegante, mit dunkelroten Blumen bedruckte Tuch der Pariserin vor ihnen in der Schlange beim Museum im *Jardin du Luxembourg*. Diese kleinen Dinge, die ihr den ganzen Tag über wieder einfielen, ließen Anika unvermittelt glücklich lächeln, eine Eigenschaft, die sie von sich selbst nicht kannte und die sie kurz misstrauisch gegenüber sich selbst werden ließ, bevor sie begriff, dass ihr hier wieder ihr Verstand etwas verbieten wollte, was ganz und gar nicht verbotswürdig war.

Und Michael? Was war mit ihrem Hypnose-Therapeuten, dem Mann, der das alles ermöglichte? Interessanterweise wurde er ihr nicht wichtiger, sondern geriet in Anikas Wahrnehmung millimeterweise in den Hintergrund. So, wie man nach einer gelungenen Fahrt nicht die Erbauer des Autos preist, sondern den Fahrer, so war eben auch Michael nur ein Vehikel. Ihr Erlebnis war die Reise nach Paris in Begleitung des – nach Anikas Meinung – erotischsten Mannes der Welt, und nicht der merkwürdige abgebrochene

Psychologe, der auf dem alten Bauernhof seiner Oma wohnte.

Anika hatte ihn gefragt, wo er Hypnose gelernt hatte, und er hatte mit erkennbarem Widerstand etwas von einem Psychologie-Studium angedeutet, wo es offenbar zu Schwierigkeiten gekommen war. Sie selbst hatte damals auch kein Abitur machen können. Drei in der Klasse wurden zur *EOS* delegiert, und sie war immer die Vierte, vielleicht sogar die Fünfte in der Klasse und ihre Mutter nicht in der Partei. Solche Ungerechtigkeiten kamen vor. Aber wenn sie sich Gedanken über Micha und seinen Lebensweg gemacht hätte, wäre sie nur abgelenkt von ihrer Jahrhundertreise. Und es schien ihm ja gut zu gehen. Er war freiwillig hier, und zumindest solange Anika da war, stank das Klo nicht und es gab ordentliches Essen.

»Welchen Zug willst du morgen nehmen?«, fragte Michael eines Abends.

»Was?« Anika fiel vor Schreck beinahe die Gabel aus der Hand. Sie war vollkommen überrascht. Was meinte er? Sie hatte Spinatnudeln gekocht, die sie im einigermaßen aufgeräumten Mehrzweckraum aßen. Sie tranken den Wein aus noblen Gläsern, die sie beim Aufräumen gefunden hatte. Wie kam er in dieser Situation auf so ein Thema?

»Na – morgen ist ja Sonntag und du hattest ja gesagt, du bleibst bis Sonntag. Darum frage ich, welchen Zug du nehmen willst. Ich würde dich dann mit dem Wagen zum Bahnhof fahren.«

Du liebe Zeit! Anika war so aus der Zeit gefalllen, hatte sich so an den Rhythmus von Schlafen, Hypnose, Arbeiten auf dem Hof, Abendbrot gewöhnt, sie hatte darüber vollkommen vergessen, dass sie da draußen noch ein echtes Leben hatte. Ein Leben als Sekretärin in der Materialabteilung vom *VEB Lacufa*, ein Leben immerhin mit Doreen, aber leider ganz ohne Paris und Alain. Aber es stimmte, sie hatte nur bis Freitag Urlaub eingereicht und wurde am Montag um halb acht wieder im Dienst erwartet.

Anika hatte nichts gegen ihre Arbeit, die so weit in Ordnung war. Das Gute als Sekretärin war ja, dass dir niemand etwas zu sagen hatte. Sie war ziemlich jung, aber Anika wusste, wie es lief. Offiziell war Kölling der Leiter, aber jeder, einschließlich Kölling selbst, wusste, dass ohne Anika nichts, und zwar gar nichts, in der Materialabteilung gelaufen wäre, was vor allem damit zusammenhing, dass sie sich bestens mit allen möglichen anderen Sekretärinnen verstand. Wenn wirklich einmal Not am Mann war, wandte man sich an Anika, die mit ein paar Anrufen das Unmögliche möglich machen konnte, eine essentielle Kunst sozialistischer Materialbeschaffung. Es gab auch Bestellverzeichnisse und offizielle Beschaffungswege, aber es gab ja auch Märchen und Sagen. Wenn jemand im *Lacufa* wirklich an etwas herankommen wollte, dann ging er zu Anika.

Anika konnte Latexfarben und Autolacke besorgen, an die man in der freien Wildbahn keineswegs herankam, was ihre Position in der Zusammenarbeit mit den anderen Sekretärinnen nachhaltig festigte. Wenn dann mal ihr Chef Zündkerzen für seinen *Lada* brauchte, kostete das Anika auch nur einen Anruf. Also galt sie als Respektsperson und wenn sie mal später kam oder früher ging oder einen Haushaltstag mehr nahm, als eigentlich vorgesehen war, hätte sie niemand, und besonders nicht Kölling, dafür zu kritisieren gewagt. Sie tat ihm dafür den Gefallen, ihn immer »Chef« zu nennen, denn es konnte ihr ja egal sein, wer unter ihr Chef war. Trotzdem verspürte sie an diesem Samstagabend eine starke Abneigung gegen die Vorstellung, am Sonntag zurück nach Berlin zu fahren, um ab Montag wieder in das andere Leben zurückzukehren, das man wohl als das reale zu bezeichnen hatte.

Sie schaute Michael verzweifelt an, der sie nicht verstand.

»Hattest du doch gesagt, oder?«

»Ja«, sagte sie unwirsch, und den Rest des Abends sagte sie nicht mehr viel. Das Zeitgefühl war ihr abhandengekommen, das Nebeneinander der Reise nach Paris und des vermüllten Hofs, zwei Welten, die sich jede auf ihre Art nicht real anfühlten und doch existierten, hatten sie aus der Normalzeit gerissen, dem Zustand, den sie in den letzten ungefähr zwanzig Jahren als die Wirklichkeit akzeptiert hatte. Und vor die Wahl gestellt, wäre sie lieber geblieben, was zu verschiedenen Wie-Fragen geführt hätte. Wie lange will ich bleiben? Wie will ich hier leben? Wie sage ich es meiner Familie?

Sie hatte auf diese Fragen keine Antwort, und darum war es richtig, am Sonntag einen der drei Züge zu nehmen beziehungsweise den Mittagszug oder den am Nachmittag, denn wenn sie hier schon die Küche aufgeräumt und das Klo geputzt und die Kleiderschränke ausgemistet hatte, würde sie sicher nicht auf ihren letzten Tag in Paris verzichten.

Sie schlief schlecht in dieser Nacht, dachte dabei aber grimmig, dass schlecht zu schlafen ja gut für Hypnose ist. Am nächsten Morgen zog sie ihre Bettwäsche ab und fragte sich dabei, ob Micha das Bett als Nächstes wieder mit der dunkelbraunen Oma-Wäsche beziehen würde oder ob er Anikas behutsame Modernisierungsvorschläge weiterführen würde. Wobei es ihr schwerfiel, die Worte »Micha« und »weiterführen« in einen Zusammenhang zu bringen. Er schien stehen geblieben, eingefroren in einem Zustand fast vollständiger Passivität.

»Was machst du eigentlich als Nächstes?«, fragte Anika ihn beim Frühstück.

Er hörte auf zu kauen und schaute sie ratlos an. »Wie, was?«

»Na, wenn ich weg bin. Was machst du dann?«

»Ich weiß nicht. Kartoffeln.«

Ja. Das fasste es zusammen. Er würde in seinem Zimmer sitzen, irgendwas lesen und Kartoffeln essen. Dass er nicht einmal ihre Frage verstanden hatte, passte perfekt.

»Aber hast du denn keine Pläne, wie es *weitergehen* soll?«

»Nein. Mir geht es gut. Ich habe alles, was ich brauche, und es gibt nichts in diesem Leben, was ich nicht will. Wer sonst kann das schon von sich sagen?«

Er hatte vielleicht recht und doch hätte Anika weder gewollt noch geschafft, in diesem Zustand vor sich herzudümpeln.

»Willst du nicht wenigstens irgendwann fließend Wasser haben oder eine richtige Küche?«

Micha zuckte mit den Schultern. »Ach weißt du, da müsste ich dann Klempow ansprechen, dann würde der hier rüberkommen und alles aufreißen und ich müsste wochenlang auf einer Baustelle leben.«

»Klempow?«

»Der LPG-Vorsitzende.«

»Und der würde dir Wasser legen?«

»Das würde natürlich irgendwie über die LPG laufen, so würde ich es versuchen, ja. Und ich müsste natürlich auch jeden Tag auf der Baustelle mitarbeiten, Mischung machen und für alle Mittag kochen.«

»Warum?«

»Das ist so üblich.«

»Oh.« Das würde er nicht schaffen, dachte Anika. Sich Leute ins Haus holen, die ihn über Wochen in seinen Kreisen störten, nur damit er danach das Wasser nicht mehr mit der Pumpe vom Hof holen musste, dafür war ihm seine Bequemlichkeit einfach zu wichtig. Dieser Hof brauchte Führung, aber das war ab heute 14:28 Uhr nichts mehr, was sie zu interessieren hatte.

Sie packte ihren Koffer fertig und legte noch ein schön verpacktes Geschenk auf das abgezogene Bett, bevor sie zur letzten Hypnose-Sitzung ging.

»Also dann«, sagte Michael. »Heute geht es um Abschied und Heimreise. Schön und wichtig, trotzdem emotional.«

»Ja«, sagte Anika und atmete tief durch.

»Dann konzentriere dich jetzt auf deine Atmung – tief einatmen und laaang ausatmen. Und jetzt machen wir es so: Öffne bei jedem Einatmen deine Augen und schließe sie beim Ausatmen. Drei lange Atemzüge lang, einatmen und Augen öffnen! – genau – und ausatmen und Augen zu. Sehr gut.«

Als sie aufgewacht war, brauchte sie erst mal ein Taschentuch, um sich gründlich zu schneuzen und sich die Tränen aus dem Gesicht zu wischen. Nachdenklich schaute sie auf den Walnussbaum. Gerade noch hatte sie sich von Alain Delon verabschiedet, der sie gebeten, angefleht hatte, doch bei ihr zu bleiben. Die Iljuschin, die beigen Uniformen, die grauen Anzüge mit den Parteiabzeichen am Revers – das alles hatte ihre Trauer noch viel schlimmer gemacht. Sie wollte nicht zurück, sie wollte in Paris bleiben, aber sie musste vernünftig sein. Würde sie sich diese Entscheidung jemals verzeihen können? Alain sagte, sie könne ihn doch wieder besuchen, aber sie wusste, dass das nur eine Illusion war. Ganz bestimmt würde sie nicht noch ein Visum, noch einen Flugschein nach Paris bekommen. Nein, dieser Traum war vorbei und …

Traurig schaute sie aus dem Fenster und schnaubte sich noch ein letztes Mal die Nase. Michael saß schweigend in seinem Stuhl, wie sich das gehörte. Was sollte sie sich mit ihm über Alain oder Paris unterhalten?

»Tja«, sagte sie.

»Ja«, sagte Micha.

»Dann werde ich mal. Wann müssen wir los?«

»Gleich nach dem Mittag«, sagte er. »So halb zwei.«

Zurück im Oma-Zimmer fand sie das Geschenk, das auf dem Bett lag. Alain hatte es ihr zum Abschied überreicht und sie war zu aufgewühlt gewesen, um es zu öffnen. Im Paket war ein wunderschönes Sommerkleid, lindgrün mit blassroten Blüten, das Anika ideal passte. Es saß wie maßgeschneidert und hatte genau die richtige Länge. Es war kein Etikett darin, also hätte es auch ein Kleid sein können, das ihre Mutter für sie genäht hatte, aber Alain hatte es sicher in einer kleinen *Boutique* für sie gekauft, die so vornehm war, dass sie keine Werbung für sich machte. Anika drehte sich glücklich mit dem Kleid und schaute sich im Spiegel des Großmutterschranks an. So würde sie immer eine Erinnerung haben.

Ihr sperriger Koffer passte kaum in den Kofferraum des alten Wartburgs, aber immerhin sprang der

Wagen problemlos an, sie schnallte sich mit dem steingrauen Anschnallgurt fest, den sie noch einige Zentimeter enger stellte, und sie fuhren zum Bahnhof nach Rosow. In dem Bahnhofsgebäude aus roten Ziegelsteinen kaufte sie ihre Fahrkarte nach Berlin, die der Bahnhofswärter mit einer riesigen Art Druckpresse aus schwerem Metall auf ein winziges Pappkärtchen stanzte. Michael verabschiedete sich von ihr, indem er die Hand hob. Anika fragte sich, ob sie ihn zum Abschied umarmen oder ihm noch mehr Geld geben solle, aber diese beiden Gedanken hatten gleichzeitig so wenig und viel miteinander zu tun, dass sie einfach nichts von beidem tat. Sie verließ einen der fraglos trostlosesten Orte, an dem sie sich jemals aufgehalten hatte, und beendete damit den fraglos schönsten Urlaub ihres Lebens.

Es fiel Anika schwer, nach diesen Tagen wieder in ihr Leben zurückzufinden. Die Probleme auf der Arbeit erschienen ihr lächerlich und unwichtig und die Männer, die vor ihr umhergockelten, konnten ihr nur noch leidtun, nachdem sie leidenschaftliche Tage mit Alain Delon in Paris verbracht hatte. In den Läden waren die Menschen alle so abscheulich uncharmant und ohne Eleganz, die S-Bahn mit ihren grauen, stumpf vor sich herglotzenden Menschen kam ihr im Vergleich zur *Métro* vor wie ein Viehtransport.

Anika war klar, dass sie diese Dinge nur in Hypnose erlebt hatte, schließlich gehörte sie jetzt zu der Minderheit der Menschen, die wirklich wusste, was Hypnose bedeutete, und es nicht für eine Art Zaubertrick hielt. Aber trotz dieses Wissens hatte sie, Anika, doch die Reise nach Paris *erlebt*, dies war eine Tatsache. Und das führte dazu, dass sie – wie das so nach einer Reise passierte – ihr Leben in einem neuen Licht betrachtete. Und die Verkäuferinnen im Spätverkauf waren unfreundlich, die Kleidung in den sogenannten Modegeschäften war hässlich, die Lebensmittel in der Kaufhalle waren lieblos in die Auslage geworfen und in der Gastronomie wurde man eher als Feind denn als Gast behandelt. Auch das waren Tatsachen, unabhängig von Paris, aber vorher war es viel leichter gewesen, sie zu akzeptieren.

Schon seit Jahren versuchte sie zu verstehen, warum sie so besessen von Paris war. Dafür gab es gleichzeitig keinen einzigen und tausend verschiedene Gründe. Es war mal losgegangen mit einem Kinderbuch, in dem eine der Heldinnen »Madame« genannt wurde. Als Anika von ihrer Mutter wissen wollte, was denn eine *Madame* sei, hatte Mutter zunächst erklärt, das sei einfach die Übersetzung von *Frau* beziehungsweise *Dame*, genau genommen bedeute es »meine Dame«. Der Begriff behielt für Anika eine Magie, die nicht wegzuerklären war. Sie sollte in den kommenden Jahren entdecken, dass hinter der *Madame* ein ganzes Universum von Begriffen, ja sogar ganze Länder und Städte, eine ganze Geschichte steckte.

Leider kam Frankreich in der Schule nur im Französischunterricht und im Zusammenhang mit der Französischen Revolution vor, für Anika das mit Abstand interessanteste Thema im Fach Geschichte. Wenn sie über die Französische Revolution in allen Einzelheiten sprach, hätte man denken können, sie wäre persönlich dabei gewesen, denn sie konnte zu den historischen Gemälden die Straßen benennen, in denen Barrikaden errichtet worden waren, und erläutern, aus welchen strategischen Gründen diese an genau dieser Stelle errichtet worden waren. Frau Geschichts-Meyer, nicht zu verwechseln mit Frau Gesichts-Meier, die Sport unterrichtete, war geradezu begeistert von Anikas profundem Engagement. In diesem Halbjahr bekam sie selbstverständlich eine Eins in Geschichte, aber die Angelegenheit erwies sich gewissermaßen als Bumerang, da Anika in den folgenden Schuljahren weitaus weniger Interesse an den im Geschichtsunterricht behandelten Revolutionen zeigte, worüber die Geschichts-Meyer enttäuscht war und sie vielleicht etwas strenger als ihre Mitschüler bewertete.

Die Jungs mochten Dinosaurier und westdeutsche Fußballspieler, auch unerreichbare Welten, Anika war, wie jeder in der Schule wusste, einfach Frankreich-Fan. In den letzten zwei Jahren des Französischunterrichts war sie der Lehrerin turmhoch überlegen, denn während diese nur genügend Französisch können wollte, um eine Schulklasse bis zum zehnten

Schuljahr zu unterrichten, wollte Anika gut genug sprechen können, um am nächsten Tag eine Nachrichtensendung auf *France 1* zu moderieren. Wenn sie Selbstgespräche führte, über bestimmte Dinge nachdachte, dann tat sie das oft auf Französisch, einfach weil es ihr Spaß machte. Sicher trug ihre nicht zu verbergende Leidenschaft für das westliche Land nicht dazu bei, Anikas Platzierung bei der Empfehlung für die Oberstufe zu verbessern.

Doch Frankreich und die Realität waren für Anika immer verschiedene Welten geblieben. Es gab das wahre Leben, in dem sie eine Ausbildung in Rummelsburg machte, und es gab die Glitzerwelt von Paris, Gilbert Bécaud, Rive Gauche, *Arc de Triomphe* und so weiter. Diese Welt war unerreichbar. Nach Lage der Dinge hätte sie nach ihrem sechzigsten Geburtstag nach Frankreich, nach Paris fahren können, aber das war ja genauso weit weg, lag in ebenso surrealer Ferne wie die Stadt selbst. Und so war es gekommen. Sie hatte sich ihre französische Leidenschaft bewahrt und war gleichzeitig Sekretärin im *VEB Lacke und Farben* in Berlin geworden.

»Erzähl doch mal, wie war es denn?«, wollte Doreen wissen und es war ja klar, dass sie das fragte, schließlich hatte sie ihr die Adresse in Soldin gegeben und insofern ein gewisses Recht, auch über Anikas Zeit dort informiert zu werden, zumal sie ja ihre Freundin war. Aber Anika wusste nicht so richtig, wie sie von der Zeit erzählen sollte, ohne zumindest etwas überspannt zu wirken.

»Du – es war gut, aber so richtig viel gibt's da auch nicht zu erzählen«, sagte sie deswegen und versuchte, möglichst langweilig dabei zu klingen, damit Doreen die Lust auf Nachfragen verging. Aber das war zu optimistisch.

»Hat er dich ›hypnotisiert‹?«, fragte Doreen und versuchte, es möglichst schlüpfrig klingen zu lassen.

»Ja.«

»Oho! Und warst du ihm dann hörig?«

»Hör mal auf!«, sagte Anika. »Das ist nicht so ein Quatsch wie im Film.«

»Vielleicht weißt du es nur nicht mehr?«

»Doch, ich weiß noch alles.«

»Aber dann ist es doch keine Hypnose?«, fragte Doreen jetzt ehrlich erstaunt.

»Doch, ich glaube schon. Also es gibt ja keine offizielle Messung, mit der sich hinterher beweisen lässt, dass man hypnotisiert war oder nicht. Aber ich bin mir schon sicher, dass ich in Hypnose war, weil ich mich ja daran erinnere, was geschehen ist, und ich habe ganz bestimmt nicht mit Micha rumgemacht.«

»Micha?«

»Ja, Micha.«

»Wie ist der denn so?«

»Ein Typ, der einsam auf dem alten Bauernhof seiner Oma wohnt und sich dabei wohlfühlt. Kein fließendes Wasser, aber haufenweise Bücher. So einer.«

»Und wie sieht er aus?« Warum musste für Doreen alles immer auf Beziehung und Sex hinauslaufen? Sie hätte vielleicht nicht den schönsten Prinz vom Schulhof gleich heiraten sollen, denn Gerald war bestimmt in Ordnung, aber für Doreen wäre es womöglich besser gewesen, wenn sie vorher noch ein paar andere Männer kennengelernt hätte, damit sie gewusst hätte, dass Gerald ein wirklich guter Griff war und Doreen nicht irgendwelche vermeintlich unerfüllten Wünsche an Anika auslassen musste.

»Er sieht ... ganz normal aus. Ein Typ, der den ganzen Tag in Arbeitsklamotten herumläuft und eigentlich nicht arbeitet. Schwarze Haare. Weiß nicht.«

»Das klingt nicht nach der großen Liebe.«

»Nein, Doreen. Und deswegen bin ich doch da auch nicht hingefahren.«

»Sondern wegen Paris.«

»Genau.«

»Und wie war das?«

»Das war völlig großartig«, sagte Anika und jetzt konnte sie einen Anflug von Glückseligkeit im Gesicht doch nicht unterdrücken.

»Erzähl!«

»Da gibt's nicht viel zu erzählen.«

»Wie – da gibt's nicht viel zu erzählen? Jedes Mal, wenn du betrunken bist, erzählst du von Paris, aber wenn du deswegen in Hypnose warst, nicht?«

»Ja, ich weiß nicht«, sagte Anika, »es gibt da wirklich nicht viel zu erzählen. Die Hypnose hat mir da sehr geholfen, hat alle meine Wünsche erfüllt und ich muss jetzt nicht mehr von dem träumen, was ich sozusagen erlebt habe.«

»Das heißt, du warst jetzt in Paris?« Doreen schaute sie misstrauisch an.

»Sozusagen. Aber mache dir keine Sorgen, ich bin nicht verrückt geworden oder so. Ich weiß schon, dass ich nicht in der Hauptstadt Frankreichs war. Ich sage nur, dass dieser Wunsch von mir jetzt gewissermaßen behandelt ist.«

»Das heißt«, fragte Doreen, »wenn dir jetzt jemand anbieten würde, in echt nach Paris zu fahren, dann würdest du nicht mehr fahren?«

»Das kann ich nicht so pauschal sagen«, sagte Anika, die über diese Frage selbst schon nachgedacht hatte. »Natürlich würde ich sofort auf eine schöne Reise nach Paris fahren, keine Frage. Aber wenn ich zum Beispiel eine Sekunde lang dorthin dürfte – nur mal angenommen –, dann würde ich lieber noch mal in Hypnose eine Stunde lang dorthin. Eine Sekunde wäre also zu wenig. Aber ein Tag? Ich weiß es nicht, wer kann mir garantieren, dass dieser Tag perfekt ist? In der Hypnose ist das praktisch garantiert. Andererseits: ein richtig realer Tag im echten Paris? Schwer zu sagen. Tauschen würde ich es vielleicht eins zu fünf.«

»Ohne Witz?« Doreen war beeindruckt.

»Ja.«

»Und geht das nur mit Paris?«

»Natürlich nicht. Man könnte überall hinreisen,

nach Paris, nach New York, auf den Mond, in die Vergangenheit – wie man will. Hauptsache, man ist gut informiert.«

»Wie?«

»Na, die Hypnose macht ja nur deine Wünsche und Vorstellungen realer. Wenn du dich nie mit Mondreisen auseinandergesetzt, dich nie dafür interessiert hast, dann denke ich auch nicht, dass in der Hypnose zum Thema viel passieren würde.«

»Das ist ja wie bei richtigen Reisen«, sagte Doreen.

»Ja«, sagte Anika. »Ich finde ja, dass Hypnose auch eine Art richtige Reise ist.«

Jetzt schwiegen sie beide wieder miteinander, was sich schön und vertraut anfühlte.

»Denkst du, er könnte mich auch nach London bringen?«, fragte Doreen mit gesenkter Stimme.

»Daran habe ich keinen Zweifel«, sagte Anika. »Wir können einen Gin Tonic darauf trinken.«

»Die Engländer sagen selbst *gin and tonic* dazu.«

»Das wusste ich nicht«, sagte Anika. »Bist du dir sicher, es klingt viel unpraktischer.«

»Ich bin mir sicher«, sagte Doreen. »So was interessiert mich.«

»Dann würde das mit London sicher bei dir klappen.«

So sehr sie es auch versuchte, Anika fand nicht wieder in ihr richtiges Leben zurück, auch nachdem schon ein paar Wochen vergangen waren. Manchmal zog sie das Kleid an und es machte ihr Freude, es anzuziehen, weil der Stoff und das Gefühl, es zu tragen, in ihr angenehme Gefühle auslöste. Aber danach war nichts besser oder anders, das Kleid war keine Lösung.

»Chef«, klopfte sie bei Kölling eines Nachmittags an.

»Was gibt's denn, Frau Gerlach?« Obwohl sie schon so lange zusammenarbeiteten, waren sie beim respektvollen Siezen geblieben. Anika hätte ihm das Du anbieten müssen, aber irgendjemand musste sich ja auch siezen, fand sie.

»Ähm, ich würde morgen früh zum Arzt gehen.«

Kölling fuhr erschrocken auf seinem Stuhl herum. »Was haben Sie denn? Ist alles in Ordnung? Wollen Sie sich nicht hinsetzen?«

»Nein, alles in Ordnung, ich würde nur morgen zum Arzt gehen und ich kann mir vorstellen, dass der mich krankschreiben wird.« Kölling hatte sie immer fair behandelt und sie fand es nur richtig, dass sie ihm gegenüber auch offen war.

»Ach so.«

»Ja. Die Unterlagen für die Dispo liegen alle in der Postmappe, die Bestellungen bis Oktober sind raus und auch sonst müsste eigentlich alles gut vorbereitet sein.«

»Haben Sie was ausgefressen?«, fragte Kölling. »Sie klingen wie jemand, der ins Gefängnis geht oder ...« Er erschrak und schaute sie mit weit aufgerissenen Augen an: »Sie wollen doch nicht ...?«

»Nein, nein, keine Sorge, Chef, ich bleibe schon im Lande.« Das stimmte ja auch nach juristischen Kriterien, äußere Grenzen würde sie nicht überschreiten. »Ich muss nur etwas regeln.«

»Na dann regeln Sie mal schön«, sagte Kölling jetzt viel aufgeräumter. »Gibt es für mich noch irgendwas zu beachten?«

»Nicht dass ich wüsste. Müsste eigentlich alles in Ordnung sein.«

»Gut, sehr gut. Wie lange sind Sie denn wahrscheinlich krank?«

»Ich denke, in drei Wochen müsste es mir schon wieder besser gehen.«

»Gut zu wissen, Frau Gerlach. Dann gute Besserung.«

Am nächsten Morgen saß sie in Berlin-Karow in der Praxis von Diplom-Mediziner Arndt Kube, allgemein bekannt als *Doc Holiday*. Komisch, obwohl jeder Russisch lernen musste und viele nicht gut Englisch sprechen konnten, hatten sich mit der Ausnahme von *Datsche* allerorten diese englischen Spitznamen und Bezeichnungen durchgesetzt. Sie klangen einfach lässig, wer würde schon *Wrač Kanikuli* sagen wollen?

Das Wartezimmer war voll von kräftigen jungen Männern, gut gelaunten Schülerinnen, adrett frisierten Frauen – es erinnerte eher an ein Terrassenkaffee als eine medizinische Einrichtung. Doc Kube war bekannt dafür, unkompliziert Krankschreibungen zu verteilen, Anika hatte schon einige von ihm auf dem Tisch gehabt und sich nur bei den ersten gefragt, warum denn ein Kollege aus Köpenick den langen Weg nach Karow bloß für eine Krankschreibung auf sich nahm. Aber spätestens beim dritten Krankenschein von Herrn Diplom-Mediziner Kube hatte Anika verstanden, dass hier gezielt eine ganz bestimmte medizinische Dienstleistung erbracht wurde.

Nach Anikas Empfinden hätten die Patienten bei Herrn Kube das Strotzen ihrer Gesundheit etwas weniger in Szene setzen können, aber das war offensichtlich ein Teil des Gesamtvergnügens an diesem sozialistischen Sonderurlaub. Anika war neu in dieser Welt, sie schaute neutral auf das Stillleben an der Wand gegenüber, während sich die anderen teilweise wie alte Freunde dort begrüßten: »Mensch, was machst du denn schon wieder hier?« »Muss die Laube von meinem Schwiegervater machen.« »Wir sind ja noch jung, da ist das Leben viel zu schön, um es auf der Arbeit zu verbringen.«

Auch das Sprechzimmer hatte nichts sehr Ärztliches an sich, außer dass Herr Kube einen weißen Kittel trug und eine alte Waage in der Ecke stand.

»Guten Tag«, sagte Herr Kube, als sie sich die Hände schüttelten. »Wie kann ich Ihnen helfen?«

»Ich habe starke Kopfschmerzen«, sagte Anika. Sie hatte darüber nachgedacht, welche Beschwerden man nicht widerlegen konnte. Doch das war nichts, wofür sich Doc Holiday interessierte.

»Und was denken Sie, wie lange Sie diese Kopfschmerzen haben werden?«, fragte er, schon über den Krankenschein gebeugt.

»Drei Wochen, denke ich.«

»Drei Wochen ab heute oder bis zum Freitag in drei Wochen?« Er verstand die Anliegen seiner Patienten bestens.

»Drei Wochen bis Freitag«, sagte Anika.

»Wunderbar. Dann gute Besserung.« Er gab ihr den Schein und schüttelte ihr die Hand zur Verabschiedung.

»Danke ebenfalls«, sagte Anika konsterniert. Sie hatte wenigstens mit einer kurzen Untersuchung gerechnet, ein bisschen Abhören oder -klopfen. Stattdessen war sie eine Minute nach Terminbeginn wieder vor dem Zimmer und Doc Holiday rief »Der Nächste bitte!« durch die Tür.

»Brauchen Sie sonst noch etwas?«, fragte die Schwester an der Anmeldung.

»Nein«, sagte Anika und nahm ihre Jacke von der Garderobe.

»Na dann: tschüss!«

»Tschüss.«

»Du?«, begrüßte sie Micha, als sie am Dienstagmittag wieder im Mehrzweckraum stand. Sie hatte ihre Krankschreibung an *Lacufa* geschickt, war nach Hause gegangen, hatte ihre Sachen gepackt und den Frühzug genommen, denn schließlich hatte ihr

Sonderurlaub nur einen einzigen Grund, und warum sollte sie da nicht gleich zur Tat schreiten. Doreen und ihrer Mutter würde sie aus Soldin schreiben.

Das Klopfen ans Tor hatte sie sich erspart, schließlich kannte sie ja den Weg.

»Ist jemand hier?«, fragte sie Micha, der gerade eine Ei-Stulle aß. Anika fragte sich, ob er diese Arbeitsklamotten in mehrfacher Ausführung besaß oder ob er tatsächlich jeden Tag die gleichen Kleidungsstücke trug.

»Was?«

»Na, hast du einen anderen Hypnose-Gast?«

»Nein.«

»Gut. Ich würde dann wieder in mein Zimmer gehen, ja?«

»Äh … ja, gut.« Er glotzte weiterhin verblüfft.

Immerhin hatte Michael die Zeit im Oma-Zimmer nicht zurückgedreht, es sah immer noch so aus, wie es Anika vorsichtig modernisiert hatte. Sie stellte ihre Sachen ab, zog sich kurz um, legte ihr Buch auf den Nachttisch und ging wieder zurück in den Mehrzweck. Sie blieb im Türrahmen stehen.

»Hör zu«, fing sie an. »Ich würde im Ganzen drei Wochen bleiben.«

»Gut«, sagte Michael.

»Warte! Und wenn es so bleibt, wie es ist, dann werden es wohl nicht meine letzten drei Wochen hier sein.«

»Ja.«

»Das heißt aber, dass sich hier ein paar Sachen ändern müssten.« Anika schaute ihn forschend an.

»Was denn ändern?«

»Du musst den LPGler anrufen. Wir brauchen hier fließendes Wasser und eine richtige Toilette und ein Bad und eine richtige Küche und eine vernünftige Heizung. Was machst du eigentlich im Winter?«

»Na ja, ich habe Öfen.«

Anika versuchte, verständnisvoll zu sein. Verständnisvoll im Ton, aber unnachgiebig in der Sache. »Das ist für eine Person vielleicht ganz in Ordnung. Aber wenn sich hier dauerhaft zwei Personen aufhalten, brauchst du eine Heizung. Wir haben 1984 – da heizen die Leute nicht mehr mit Holz aus dem Wald.«

»Kohle. Ich heize mit Kohle.«

»Heizen denn alle im Ort mit Kohle?«

»Nein. Viele haben sich an die Fernwärme anschließen lassen vom Kraftwerk drüben.«

»Siehst du. Und das machen wir auch. Wie kommt man an die Fernwärme?«

Michael überlegte. »Ich schätze, das geht auch über die LPG.«

»Dann ist das unser neuer bester Freund – der LPG-Vorsitzende.«

»Klempow?«

»Wie auch immer er heißt. Du brauchst viel von ihm.«

»Ich weiß nicht, ob Klempow da mitspielt. Schließlich bin ich kein echter Mitarbeiter.«

»Das werden wir schon sehen. Die Frage ist, ob du das willst.«

»Das muss ich mir noch überlegen.«

»Dann überlege mal. Schaffen wir das heute noch mit der Hypnose?« Deswegen war sie ja hergekommen.

»Von mir aus gern. Was willst du denn machen?«

»Das kann ich dir ziemlich genau sagen. Die Themen lauten Rückkehr, Wiedersehen, Begrüßung, Umarmung, Leidenschaft.«

»Du klingst sehr gut vorbereitet.«

»Ja. Und wenig geschlafen habe ich auch.«

»Dann ist ja alles bestens. Ich esse noch auf, und wir können loslegen. Willst du auch was?«

»Nein danke, ich habe gerade im Zug meine Stullen gegessen«, lehnte Anika freundlich ab. Sie wusste, es war besser, nicht ungeduldig zu sein, weil das die Hypnose nur gestört, ihren Effekt, ihre Tiefe vermindert hätte, aber trotzdem konnte sie es nach all den Wochen ohne Paris, ohne Alain kaum abwarten. Doch sie nahm sich zusammen, schließlich konnte Michael nichts dafür und hatte nicht damit rechnen können, dass sie hier heute in sein Leben platzte.

»Leg dich hin, liegst du bequem? Schließe die Augen und versuche, mit geschlossenen Augen nach oben zu schauen. Jetzt versuche, mit geschlossenen Augen nach unten zu schauen. So ist es richtig. Und jetzt synchronisiere deine Augenbewegungen mit deinen

Atembewegungen. Ein und aus, oben und unten – so ist es richtig. Sehr gut.«

Alain rannte auf sie zu und riss sie förmlich vom Boden der Empfangshalle, sobald er sie sah, und wirbelte sie herum in dem Kleid, das sie natürlich für diesen Anlass angezogen hatte. Küssend fuhren sie in seinem offenen Cabrio durch Paris, die Ulmen und Linden der *avenues* flogen an ihnen vorbei, weiße Wölkchen am strahlend blauen Himmel.

Sie kamen gar nicht zum Sprechen in seinem *appartement*, denn Alain streifte ihr noch beim Küssen das Kleid über den Kopf und küsste sie auf das Bett vor den großen offenen Fenstern, im Hintergrund sah Anika den *Tour*, als sie kurz die Augen öffnete, um ihre Schuhe auszuziehen, um Alains Gürtel zu öffnen, um sich ins Bett zu legen. Und dann verschwanden die Worte, die entweder zu vulgär oder zu technisch oder zu schwülstig für das waren, was Alain und sie dann miteinander erlebten, nicht taten. Irgendwo hörte Anika auf und Alain fing an, und ihre Ekstase steigerte sich ins Unermessliche.

Als sie aufwachte, starrten ihre Augen wie immer auf den Walnussbaum, den sie aber wie immer nach der Hypnose kaum wahrnahm, weil ihre Gedanken ganz woanders waren. Sie schaute Michael an und der holte Luft, als ob er gerade etwas sagen wollte.

»Sag nichts«, zischte sie erschrocken. »Komm mit!« Sie nahm seine Hand und zog ihn unmissverständlich durch den Flur, durch den Mehrzweckraum in ihr Zimmer. Das Ganze sollte schnell gehen, denn sie wollte möglichst nahe an der Hypnose dran sein.

»Zieh mich aus«, sagte sie, »das Kleid über den Kopf. Gut.« Es ging an die Grenzen ihrer Vorstellungskraft, aber da sie gerade eben noch wilden Sex mit Alain Delon bei offenen Fenstern und wehenden Vorhängen gehabt hatte, reichte ihr sogar das bisschen männliche Geilheit, was Michael zu diesem Arrangement beisteuern konnte, für einen anständigen Höhepunkt. Sie grunzte zufrieden, rollte sich von ihm herunter und öffnete ihre Augen.

Als sie Micha da so liegen sah, überlegte sie, ob sie ihn vielleicht in diesen Plan hätte einweihen sollen, aber wozu?

»Wie alt bist du eigentlich?«, fragte sie ihn.

»Vierundzwanzig.«

»Was?«, Anika setzte sich auf. »Du bist jünger als ich?«

»Ich bin jedenfalls vierundzwanzig«, sagte Michael. »Ich weiß ja nicht, wie alt du bist.«

»Siebenundzwanzig.«

»Nimmst du die Pille?«

»Denkst du, das hier wäre sonst passiert?«

»Gut.«

»Nicht dass du denkst, wir machen das jetzt jedes Mal.«

»Ah, okay. Schade.«

»Wir können das schon auch noch mal machen, ich sage dir dann vorher Bescheid.«

»Von mir aus gern.«

»Aber auf jeden Fall musst du den LPG-Typen hierherbekommen. Es kann so nicht weitergehen.«

»Können wir jetzt noch mal? Zählt das noch als dieses eine Mal?«

»Nein. Und wenn hier nicht bald das zwanzigste Jahrhundert einzieht, dann bleibt es auch dabei. Ich will doch hinterher wenigstens ordentlich duschen.«

»Ich kümmere mich«, sagte Micha.

»Besser ist es.«

Er stand auf und zog sich wieder an.

»Setzt du mir bitte auch Waschwasser auf?«, bat Anika.

»Natürlich.«

Als er raus war, schloss sie die Augen und versuchte noch einmal, in ihren schönen Sextraum mit Alain zurückzufallen. Aber leider war durch das Gespräch mit dem realen Michael über die echten Themen des Hofs ihre Imagination doch sehr kontaminiert. Am schlimmsten war Michas Geruch gewesen, denn der Geruchssinn ist direkt mit dem Gehirn verbunden, das hatte sie kaum ausblenden können. Alain roch nach irgendwas von *Guerlain* und Micha nach altem Schweiß und Kernseife. Dagegen musste sie als Erstes etwas tun, wenn sie das hier noch einmal machen wollte. Aber immerhin war sie im Vorteil, denn jetzt wollte Michael auch etwas von ihr.

»Ich würde morgen früh zu Klempow«, sagte er beim Abendbrot. »Morgens um acht ist er eigentlich immer in seinem Büro.«

»Gut«, sagte Anika. »Ich komme mit.«

»Nein, mach das mal lieber nicht«, sagte Michael erschrocken. »Du bist nicht von hier, und er kennt dich nicht. So erreichen wir gar nichts.«

»Aber ich bin erfahren mit Büroarbeit.«

»Das hat damit nichts zu tun. Wenn ich jetzt plötzlich bei Klempow mit einer schönen Frau auftauche, dann gibt das nur Gerede. Die Leute reden sowieso schon im Dorf.«

»Wie?«

»Na, ich wohne ja nun schon seit über drei Jahren auf dem Hof. Allein, nicht verheiratet, arbeite nicht in der LPG und nirgendwo anders, habe kein Auto, dafür ab und zu Besuch von Wildfremden – da reden die Leute eben. Passiert doch sonst nichts auf'm Dorf. Und ich habe die Theorie, dass überall immer genügend passiert, dass die Leute einen ganzen Tag darüber reden können. In der Stadt passieren täglich Tausende Dinge, da fängst du an zu sortieren und redest nur über wichtige Sachen, die dich interessieren. Aber auf dem Dorf wird eben konsequent über alles geredet, was passiert. Als du heute gekommen bist, wussten meine Nachbarn garantiert fünf Minuten, nachdem du aus dem Zug gestiegen warst, dass du hierherkommst.«

»Und wie wussten die das?«

»Keine Ahnung. Irgendjemand anders, der auch

im Zug saß, mit dem Auto gefahren ist, jemanden im Konsum getroffen hat. Keine Ahnung. Aber die wissen immer alles.«

»Ich habe niemanden gesehen.«

»Das musst du nicht. Ich schwöre, wenn ich mir hier im Haus ein Stück Klopapier in die Hosentasche stecke und zum Fluss runterlaufe, habe ich mich noch nicht hingehockt, bevor schon jeder im Dorf erzählt, dass Micha in die Oder geschissen hat.«

»Na gut, dann geh allein dahin, wenn du es für besser hältst.«

»Mache ich.«

In ihrem Krankurlaub gab es keinen Grund für Hektik. So saß Anika noch am Frühstückstisch, als Micha von der LPG zurückkam.

»Und?«, fragte sie.

»Nichts«, schüttelte er den Kopf. »Klempow meinte, er müsse sich erst mal um die Wohnung seines Schlossers kümmern, bei dem gibt es ein Rohrproblem. Aber er hat versprochen, die Klempnerbrigade nächsten Monat mal rumzuschicken. Netter Kerl eigentlich.«

»Nächsten Monat?« Anika war entsetzt. »Nächsten Monat? Die anderen Häuser haben doch garantiert seit zwanzig Jahren fließend Wasser, und du sollst noch einen Monat warten?«

»Na ja, er kann nichts machen.«

»Das werden wir ja sehen«, sagte Anika und stand auf. »Wo ist das Büro?«

»Du kannst da nicht hingehen«, sagte Micha. »Das geht nach hinten los.«

»Wie soll das nach hinten losgehen?«, fragte sie. »Dass du noch mindestens einen Monat warten musst? Schlimmer wird es wohl nicht werden.«

»Doch. Er könnte es noch länger hinauszögern.«

»In einem Monat bin ich nicht mehr hier«, sagte Anika entschlossen. »Und wenn hier kein Wasser herkommt, bin ich auch in zwei Monaten nicht hier. Dir kann das egal sein, du haust hier seit drei Jahren ohne Wasser. Also gehe ich jetzt da rüber.«

»Ich habe Wasser«, wandte Micha ein.

»Ja. Aus einer grünen, verrosteten Pumpe auf dem Hof«, sagte Anika verächtlich. »Wo ist das Büro?«

Das Büro war in einem Bungalow, der hinter einem Maschinenhof voller Traktoren, Mähdrescher und Matsch stand. Die Sekretärin betrachtete Anika mit offener Neugier, sie wandte ihren Blick kaum von der fremden Frau ab, sprach aber ausschließlich mit Michael.

»Micha, was machst du denn noch hier?«

»Kann ich Klempow noch mal sprechen?«

»Du warst doch gerade da.«

»Ja, aber ich habe noch was vergessen.«

»Noch was vergessen. Soso. Ich geh mal fragen.« Wenn sie sich auf die Stirn geschrieben hätte »Ich bin damit nicht einverstanden«, wäre es subtiler gewesen.

Enttäuscht kam sie nach einer Minute wieder raus. »Er sagt, du sollst ruhig reinkommen.«

»Danke«, sagte Anika betont freundlich, schob sich an Micha vorbei und ging ins Chefbüro. Das hier kannte sie.

»Einen wunderschönen guten Tag«, sagte sie zum LPG-Vorsitzenden. »Wir kennen uns noch gar nicht. Mein Name ist Gerlach, und ich bin für ein paar Tage zu Besuch bei meinem guten Freund Micha.« Anika streckte ihre Hand über den Schreibtisch und lächelte Herrn Klempow an.

»Tach«, sagte der misstrauisch. War es eventuell Vorschrift für Männer in Soldin, mit Arbeitsklamotten aus dunkelblauem Leinenstoff herumzulaufen, fragte sich Anika.

»Ich habe schon zu Micha gesagt, dass ich nichts machen kann wegen dem Wasser. Das dauert mindestens noch zwei Monate. Habe ich ihm aber schon gesagt.«

»Zwei Monate. Aha. Michael hatte von einem gesprochen.«

»Zwei. Mindestens.«

»Aber deswegen bin ich gar nicht hier«, sagte Anika unvermittelt.

»Ach nein?« Bestimmt schaute Michael hinter ihr ebenso verdutzt wie Klempow.

»Nein. Ich bin nur hier, weil mir Micha erzählt hat, dass Sie in der LPG ein Problem mit der Beschaffung von Farben haben.«

»Mit was?« Michael und Klempow schauten sie beide verblüfft an.

»Farben. Oder habe ich das falsch verstanden?« Sie war zwar hier auf dem Dorf, aber wenn sie wollte, konnte Anika eine bessere Unschuld vom Lande geben als irgendjemand sonst. »Ich habe Micha von meiner Arbeit beim *VEB Lacke und Farben* erzählt und er sagte, dass Sie hier in der LPG selbst dringend Lacke und Farben brauchen.« Das war nicht besonders schwer zu raten – einfach jeder brauchte Lacke und Farben. Besonders Latexfarbe und Autolack waren gefragter als Reingold. *Jeder* wollte Farben, ob beruflich oder privat.

»Äh, äh – ja.« Klempow hatte sich immer noch nicht gesammelt.

»Und da habe ich zu Micha gesagt: ›Frag doch noch mal nach wegen deinem Antrag auf Wasserversorgung. Denn, wenn das schnell klappt, dann könnte ich doch mal sehen, ob ich die Farbenbestellung für die LPG hier ein bisschen vorziehen kann.‹ Und deswegen sind wir hier.«

»Ach so.«

»Aber Sie haben ja schon gesagt, dass da nichts zu machen ist, und deswegen wollen wir auch nicht länger stören. Schade eigentlich, denn nächsten Monat bin ich gar nicht mehr hier. Aber Micha schreibt mir dann, wie es ist.« Anika wandte sich zum Gehen.

»Augenblick, junge Frau!«, sagte Klempow. »Wie war noch mal Ihr Name?«

»Gerlach, Anika Gerlach.«

»Und Sie arbeiten wirklich bei *Lacke & Farben*?«

»Chefsekretariat Materialbeschaffung, zweite Etage, Büro 02003.«

»Und was könnten Sie uns da besorgen?«

»Ich sag' es mal so: Metallic-Lack wird schwer, denn der ist nur für den Export. Aber sonst? Was Sie wollen.«

»Wahnsinn.« Klempow schaute wie ein Kind, das den Weihnachtsmann ansah. »Micha, was hast du heute?«

»Nichts«, sagte er. Er hat seit über drei Jahren nichts, dachte Anika.

»Dann kommen wir heute Mittag mal bei dir rum und werfen einen Blick auf die Sache. Sollte eigentlich machbar sein, Wasser liegt ja im Prinzip an. Weißt du schon, wo du das Wasser dann hinhaben willst?«

»Wo?« Michael war überfordert.

»Küche, Bad, einmal Hof«, sagte Anika.

»Ja, das ist der Standard«, bestätigte Klempow. »Wie gesagt, wir kommen dann heute Nachmittag mal rum.«

»Und was denken Sie?«, fragte Anika.

»Ich denke, das kann schnell gehen«, sagte Klempow, der sich ganz offensichtlich gesammelt hatte. »Ich würde dann meine Liste *Lacke & Farben* gleich schon mal mitbringen.«

»Gern«, sagte Anika und warf ihm ein Lächeln zu, wie man so sagte.

»Was war das?«, fragte Micha draußen.

»So geht man mit Chefs um, würde ich es nennen«, sagte Anika.

»Und warum habe ich Psychologie studiert und nicht du?«

»Weil allgemein eingeschätzt wurde, dass ich dadurch nichts Wesentliches mehr dazulernen kann«, sagte sie grinsend und lief los in Richtung Haus. »Los, los!«, rief sie zu Micha. »Bis die Brigade kommt, sollten wir Baufreiheit in Küche und Bad geschaffen haben.« Wenn keine Baufreiheit herrschte, wenn ein Tisch oder gar ein Schrank im Weg stand, war das ein üblicher und willkommener Anlass für Handwerker umzudrehen. Und wann oder ob sie dann noch einmal wiederkamen, war Glückssache. Baufreiheit und ein Kasten Bier waren die zwei entscheidenden »B«, um Handwerker im Haus zu halten.

Immer einen Plan zu haben, war Fluch und Segen. Anika wusste stets, was der nächste Schritt wäre, aber hatte deswegen Schwierigkeiten, im Hier und Jetzt zu verweilen, weil ihr an diesem Zustand unendlich viele kleinere und größere Probleme auffielen. Dabei half ihr die Hypnose, mit der sie auf wundervolle Weise im Hier und Jetzt versinken konnte, auch wenn es sich dabei um eine Traumrealität handelte.

»Ich habe hier die Liste«, sagte Klempow, als er am Nachmittag persönlich am Kaffeetisch saß, und schob sie Anika rüber. Micha hatte Kaffee gekocht und Anika Kuchen besorgt.

Sie schaute auf den Zettel und nickte. »Ist so weit

alles in Ordnung«, sagte sie. »Aber Raufasertapeten stellen wir nicht her.«

»Ach ja«, sagte Klempow enttäuscht.

»Ich könnte da vielleicht einen Anruf machen«, sagte Anika. »Sie haben doch ein Telefon?«

»Ja, im Büro.«

»Dann warten wir erst mal den Verlauf der Bauarbeiten ab, und wenn sich alles günstig entwickelt, komme ich gern mal im Büro vorbei und wir sehen, was sich machen lässt.«

»Ja, also, wie gesagt, wegen der Arbeiten sehe ich da keine größeren Probleme«, ließ sich der Brigadeleiter vernehmen. »Wir können eigentlich morgen schon mit dem Aushub beginnen, dann müssten wir ein bisschen stemmen, die Leitungen verlegen, ist im Prinzip keine Schwierigkeit.«

»Was denken Sie, wie lange es ungefähr dauern wird?«

»Das ist immer schwer zu sagen.« Der Brigadier kratzte sich am Kopf. »Aber in zwei, drei Wochen müssten wir hier durch sein.«

»Das ist ja ganz großartig, oder, Micha?« Anika versuchte ihn ganz bewusst, ins Gespräch einzubeziehen.

»Wunderbar«, sagte Micha ratlos. Er wusste sicher, dass es das Richtige war, aber hatte vermutlich die Ausführung des Richtigen auf irgendwann terminiert und war nun überrascht, dass es einfach im Hier und Jetzt stattfinden würde.

»Gut dann. Morgen um sieben«, sagte Klempow

und schüttelte erst Micha und dann Anika die Hand. »Und wegen der Liste ...?«

»Das wird erledigt«, versprach Anika. »Wie schnell brauchen Sie die Sachen denn?«

»Na ja – je eher, desto besser.«

»Genau wie hier«, lachte Anika. »Eine Hand wäscht die andere.«

»So ist es«, sagte Klempow. »Leben und leben lassen. Schönen Tag dann noch, Frau Gerlach! Micha.«

»Schönen Tag, Herr Klempow.«

Während der Bauarbeiten fragte sich Anika, warum sie sich das antat. Anstatt gemütlich krankzufeiern, fand sie sich auf einer Baustelle wieder. Aber sie musste zugeben, dass es ihr ein bisschen Spaß machte. Nicht das frühe Aufstehen und Räumen und Schleppen und Kochen, aber dieses Gefühl, ein Projekt zu leiten, ein Schiff auf hoher See zu führen, das machte ihr Spaß. Die alte Waschküche neben dem Mehrzweckraum, die vorher einfach nur ein gefliester Raum gewesen war, in dem Zeug herumstand, wie hier in so vielen Räumen Zeug herumstand, von dem niemand mehr wissen konnte, wofür man es einmal hatte aufheben wollen, dieser Raum wurde jetzt zu einer Küche umgebaut und die Kammer daneben würde ein richtiges Badezimmer werden.

»Hör zu«, sagte Anika zu Michael beim Abendbrot. »Ich glaube, ich bleibe lieber länger.«

»Wie jetzt?«

»Na jetzt, wo das neue Bad kommt und eine richtige Küche, wäre es doch blödsinnig, wenn ich wieder zurückgehe. Jetzt geht es doch gerade erst los.«

»Was geht denn los?«, fragte Michael sorgenvoll.

»Na das Leben, die Zivilisation! Jetzt, wo wir einen Draht zu Klempow haben, können wir doch vielleicht auch noch ein paar andere Sachen hier machen. Die Hälfte des Hauses ist ja kaum bewohnbar.«

»Wozu sollte es denn bewohnbar sein? Es ist doch schon jetzt genügend Platz.«

»Aber hier muss doch nicht überall Zeug herumstehen, irgendwelche alten Weckgläser, abgeschnittene Weichspülerflaschen, Fenster aus abgerissenen Gebäuden, verrosteter Zaundraht aus der Vorkriegszeit. Man könnte das doch ein wenig herrichten.«

»Es ist mein Haus!«, sagte Michael erschöpft und bestimmt. »Beziehungsweise ist es das Haus meiner Oma. Und ich möchte gefälligst mitbestimmen, was hier passiert und was nicht.«

»Selbstverständlich«, sagte Anika. »Aber du kannst doch nicht in einem dunklen, kalten Haus ohne Wasser wohnen wollen.«

»Dunkel ist es nicht«, sagte Michael.

»Das stimmt. Aber wir können doch wenigstens Wasser einbauen, und Fernwärme ist doch einfach praktisch. Und wenn wir uns an die Fernwärme anschließen lassen, dann wäre es doch Unfug, dass die nur hier im Vorderhaus gelegt wird. Wir könnten die Handwerker doch wenigstens bitten, alles schon mal vorzubereiten, dass auch die Quergebäude mal geheizt werden können. Es ist doch schön, wenn es hier ein bisschen gemütlicher wird. Du könntest dann auch eine ganze Bibliothek haben.«

»Eine was?«

»Eine Bibliothek. Ich habe es mir schon überlegt – dein jetziges Zimmer wird zur Bibliothek und das Zimmer neben dir …«

»Der Wäscheraum?«

»… der alte Wäscheraum wird zu deinem Schlaf- und Arbeitszimmer. Dann hättest du viel mehr Platz für die Bücher und dich.« Anika hatte schon viel früher mit diesem Gespräch gerechnet und sich ihre Argumentation schon längst zurechtgelegt.

»Und wie willst du hierbleiben?«, fragte Micha. »Du arbeitest ja in Berlin.«

»Ich kündige«, sagte Anika«, »und suche mir eine Stelle hier.«

»Wo willst du denn hier arbeiten? Die LPG hat schon eine Sekretärin, Frau Schubart.«

»Ich suche doch nur einen offiziellen Job. In Wirklichkeit könnten wir beide gut vom Hof leben.«

»Wie sollen wir vom Hof leben?«

»Das würde ich eben in die Hand nehmen. Erst mal bräuchte ich eine Stelle, für die ich meinen Sozialversicherungsbeitrag zahle. Was warst du noch mal offiziell?«

»Ich bin Bibliothekar in der LPG«, sagte Micha verschämt.

»Die LPG hat eine Bibliothek?«, fragte Anika erstaunt. »Wo denn?«

»Hast du das Bücherregal im Gang gesehen?«, fragte Micha.

»Das kleine Regal mit den zwanzig Büchern?«

»Es sind fast hundert«, sagte er. »Und offiziell bin ich der Bibliothekar davon. Das habe ich damals so mit Klempow geregelt. Ich kenne die Familie noch von früher. Mit seinem Sohn habe ich immer die Sommerferien verbracht. Das macht man so auf dem Dorf.«

»Und gibt's nicht noch genau so eine Stelle?«

»Nicht in der LPG«, überlegte Michael. »Aber hinten in Zempehn wohnt Einar, Einar Feldte. Ist ein Berliner, sagt, er ist Künstler. Da könnten wir mal fragen.«

»Bestens! Und wenn dann alles geregelt ist, damit ich nicht unter den Asozialen-Paragraphen falle, dann machen wir hier Geld!«

»Aber wie stellst du dir das vor? Ich verdiene praktisch nichts«, sagte Micha.

»Das ist ja gerade das Problem, du gibst das, was du kannst, zu wenigen Menschen. Es gibt so viele im ganzen Land, die von nichts anderem träumen, als mal nach Paris, New York oder auch nur München zu kommen, und du könntest denen helfen, ihre Träume Wirklichkeit werden lassen. Die Leute würden alles bezahlen, fünfhundert Mark, tausend Mark – warum nicht?«

»Tausend Mark?« Michael schaute sie an, als hätte sie den Verstand verloren.

»Ja, natürlich. Die Leute haben doch genügend Geld. Und wofür sollen sie es ausgeben? Für große Autos? Für ferne Reisen? Für Fernseher? Für Waschmaschinen? Gibt's doch alles nicht. An der Ostsee kaufen sich die Leute schlecht bedruckte T-Shirts von den *Eurythmics* für fünfzig Mark pro Stück, die Dinger sind keine Mark wert, aber es ist ihnen egal. Denkst du, die wären nicht bereit, zweihundert für ein Konzert von denen hinzulegen? Das machen die sofort.«

»Was ist *Eurythmics?*«, fragte Micha.

»Eine Band – ist doch egal. Du könntest in einer Stunde zweihundert Mark verdienen, das ist mein Punkt.«

»Aber wenn die Leute nicht kommen, kann ich das Geld nicht verdienen.«

»Das ist genau das Problem«, bestätigte Anika. »Deswegen müssen wir damit anfangen, dass hier mehr als ein Zimmer bewohnbar ist. Dann kann ich auch anfangen, ein paar Leuten Bescheid zu sagen, sozusagen ein bisschen Werbung zu machen.«

»Oha, Vorsicht!«, sagte Michael. »Ganz viel Vorsicht! Werbung ist verboten, und was ich mache, ist kein offizielles Handwerk und auch keine eingetragene Dienstleistung oder sonst was. Und ich bin schon gar kein Psychotherapeut.«

»Das ist mir schon klar.«

»Und wenn ich Werbung damit mache, dass ich Hypnose-Reisen ins kapitalistische Ausland und zu verbotenen Konzerten anbiete, habe ich hier ganz schnell die Stasi im Haus.«

»Um Himmels willen – doch nicht solche Werbung. Erstens sind das natürlich nur Gefälligkeiten unter Freunden, ähnlich wie Gesellschaftsspiele. Und zweitens, wenn jemand fragt, dann sagen wir, dass man natürlich auch Reisen in der Hypnose erleben kann – aber natürlich nur nach Baku, Moskau und Hanoi, und wir bieten auch Konzerte an, aber nur von *Alla Pugatschowa*, *Omega* und *Kreis*. Wenn die Leute dann bei *Simon & Garfunkel* im *Madison Square Garden* stehen, kannst du doch nichts dafür.«

»Aber das Ganze ist heikel.«

»Ach was«, beruhigte ihn Anika. »So viele Gäste brauchen wir gar nicht. Wenn wir fünfhundert Mark pro Woche nehmen, würden wir zweitausend im Monat verdienen, und wenn wir sogar zwei Gäste in einer Woche nehmen, sind das schon viertausend – dafür könnten wir uns jeden Monat ein Haus kaufen. Aber erst mal müssen wir überhaupt die Voraussetzungen schaffen, dass wir hier regelmäßig Gäste beherbergen können.«

»Aber ich darf kein Geld für die Hypnose nehmen«, wandte Michael ein. »Das wäre illegal.«

»Du hast recht«, sagte Anika. »Lass uns doch mal zu diesem Künstler fahren, von dem du erzählt hast.« Fluch und Segen, es begann sich schon wieder ein Plan bei ihr zu formen.

Am Abend stiegen sie in den alten Wartburg und fuhren ein paar Dörfer weiter, nahmen eine Straße, die direkt in einen Wald zu führen schien, bogen noch einmal rechts ab und kamen auf einen großen Hof, der zur Straße hin offen war, vielleicht ein altes Gutshaus. Auf dem Treppenabsatz vor dem Haus saß ein alter, massiger Mann in auffällig bunten Gewändern. Noch auffälliger war seine mit Goldfäden durchwirkte und kleinen Spiegelchen verzierte Mütze.

»Micha?«, brüllte er über den Hof, als er sie kommen sah. »Michael?«

»Das ist er«, flüsterte Michael ihr zu.

»Sieht er immer so aus?«, fragte Anika beeindruckt.

»Ja, absolut immer«, sagte Micha. Zu Einar brüllte er: »Einar! Ich dachte, ich komme mal wieder vorbei.«

»Wunderbar! Wollen wir zusammen einen trinken?«

»Natürlich.« Inzwischen waren sie schon fast bei ihm.

»Dann setzt euch mal hin, ich hole noch zwei Gläser.«

Sie setzten sich auf die kleine Terrasse vor der Eingangstür, auf der zu beiden Seiten Bänke angebracht waren. Einars Platz war leicht zu erkennen, weil hier schon Glas, Aschenbecher, Buch, Zigaretten und Streichhölzer lagen. Also setzten sie sich auf die andere Seite.

»Wen hast du denn hier mitgebracht?«, fragte Einar, als er mit zwei Gläsern und zwei Flaschen Rotwein wieder herauskam.

»Das ist Anika«, stellte Michael sie vor. Sie schüttelten die Hände.

»Rotwein, Anika?«, fragte Einar so, dass es ein erkennbares Problem gewesen wäre abzulehnen.

»Gern«, sagte sie. »Danke.«

»Ich werde auch gleich mal ein Feuerchen machen«, sagte Einar. »Wird ja langsam Zeit.«

»Ach, das müssen Sie nicht«, sagte Anika aus Höflichkeit.

»Doch«, sagte Einar. »Das muss ich. Hat dir Micha nicht erzählt, was ich mache?«

»Er sagte, Sie sind Künstler.«

»Also erstens sagen wir ›du‹, wenn wir miteinander trinken, und ich trinke mit jedem. Und zweitens hat Micha völlig recht – ich bin Künstler.«

»Aha.« Vielleicht entging Anika der Zusammenhang zwischen künstlerischer Arbeit und Lagerfeuern, aber er würde es ihr sicher bald erklären.

»Hast du denn schon Arbeiten von mir gesehen, Kind?«

Anika zuckte zusammen, als der alte bunte Mann sie »Kind« nannte, aber das war nicht der richtige Zeitpunkt für diesen Streit. »Nein.«

»Dann komm mal mit!«, forderte Einar sie auf. Er erhob sich ächzend, ging ins Haus, wo er sie in einen großen, hellen Raum führte. »Das ist mein Atelier.«

Der Raum entsprach durchaus Anikas Vorstellung von einem Künstleratelier, es befanden sich nur Materialien zur künstlerischen Arbeit und lediglich ein kleiner, farbbekleckster Hocker darin. Aber statt Bildern oder Skulpturen waren an den Wänden nur kleine Haufen aus vor allem grünem, mitunter weißem geschmolzenem Glas angeordnet. Anika wusste, dass sie nun durch den Raum gehen und sich die merkwürdigen Exponate anzusehen hatte.

»Ich habe noch nie etwas Derartiges gesehen«, sagte sie und immerhin das entsprach vollständig der Wahrheit.

»Ja, nicht wahr?«, sagte Einar stolz. »Das sind meine Flaschtiken – Kunstwerke geformt aus Feuer, Wasser, Erde und Luft. Die Erde ist Ausgangsmaterial für das Glas, das Wasser für den Wein, die Luft ernährt das Feuer, das ihnen die endgültige Form gibt. Und schließlich verwandele ich das Ganze in Kunst.«

»Wie machst du das?«, fragte Anika und hoffte, dass es nicht allzu skeptisch herüberkam.

»Vor allem durch mein geschultes Auge als künstlerisch ausgebildeter Betrachter«, erklärte Einar. Micha stand geduldig daneben, vermutlich hatte er diesen Vortrag bereits gehört. »Ich prüfe das Werk, bearbeite es vielleicht vorsichtig nach und benenne es, damit auch andere sehen können, was ich sehe. Hier zum Beispiel – *Thanatos*. Siehst du das Drängen der Form, das beziehungreiche Weisen zum Ende?«

Anika schaute angestrengt auf den Glashaufen und sagte dann zögerlich: »Ach ja. Könnte sein.«

»Gewiss ist es so. Oder hier – *Verächtliches Lachen (Stockholm)*, eine Hommage an Sartre und ein beherzter Schlag gegen Camus. Siehst du es?«

Sie hätte die Glashaufen nicht auseinanderhalten können, aber sie standen ja nicht in diesem Atelier für Grundsatzdiskussionen. Anika wollte etwas von Einar, also sagte sie: »Ja. Camus. Natürlich.«

»Dann lass uns mal wieder raussetzen«, sagte Einar zufrieden. »Wir sind ja nicht zum Spaß hier.«

Draußen fing Einar an, vor dem Haus ein Lagerfeuer in einem dafür vorgesehenen Kreis aus alten Feldsteinen vorzubereiten.

»Nachts«, sagte Michael zu Anika, als Einar Feuerholz holte und außer Hörweite war, »steckt er die Flaschen, die er an dem Abend getrunken hat, in die Glut, die schmelzen und explodieren dann und am nächsten Morgen holt er diese Haufen aus der Asche.«

»So ungefähr dachte ich mir das schon«, sagte Anika.

»Er wäscht sie in der Regentonne und stellt sie ins Atelier. Früher war er Meliorationsingenieur in der LPG. Er hat immer zu viel getrunken, aber als seine Frau weg ist, ist es aus dem Ruder gelaufen. Ist heute Rentner.«

»Invalide?«

»Ich weiß nicht. Ich glaube, normal.«

»Wenn ich an die Jahre denke, die ich auf der Arbeit verschwendet habe«, brüllte Einar ihnen jetzt zu, während er mit einem Arm voll Holz aus der Scheune kam, »könnte ich einfach nur weinen. So viele Kunstwerke, die ich nicht anfertigen werde, so viel Schönheit, die unserer Welt vorenthalten bleibt.« Er legte das Holz gekonnt auf das Reisigfeuer, das er angezündet hatte, bevor er in die Scheune gegangen war. Man konnte sehen, dass er wusste, was er tat.

»Apropos Arbeit«, hakte Anika ein. »Deswegen wollte ich mit Ihnen ... mit dir sprechen.«

»Aber erst mal trinken wir einen«, unterbrach sie Einar. Sie stießen zu dritt an, Anika und Michael nahmen einen Schluck, Einar stürzte das Glas herunter. »Ich muss ja heute auch noch was schaffen. So, was war jetzt mit Arbeit?«

»Nichts Schlimmes«, beruhigte ihn Michael. »Anika würde bei mir einziehen.«

»Oho – seid ihr ein Paar?«

»Nein«, sagte Anika bestimmt, sodass Einar und Michael sie ganz verwundert anschauten. »Sind wir nicht.«

»Nein«, fuhr Michael fort, »Anika braucht nur eine offizielle Arbeitsstelle, damit sie nicht unter Paragraf 249 fällt.«

»Ach so?« Einar schaute sie verständnislos an.

»Wer das gesellschaftliche Zusammenleben der Bürger oder die öffentliche Ordnung und Sicherheit beeinträchtigt, indem er sich aus Arbeitsscheu einer geregelten Arbeit entzieht, obwohl er arbeitsfähig ist, wird mit Verurteilung auf Bewährung, Haftstrafe oder mit Freiheitsstrafe bis zu zwei Jahren bestraft«, zitierte Micha.

»Na, da kennt sich ja einer aus«, staunte Einar.

»Ich musste mich ja selbst damit beschäftigen. Im nächsten Absatz werden *Prostitution und eine asoziale Lebensweise* verboten. Egal, Anika braucht eine offizielle Beschäftigung. Und als Künstler dürftest du eine Assistentin beschäftigen.«

»So? Das ist ja großartig. Was willst du denn hier tun?«, fragte Einar Anika.

»Nichts«, erklärte Michael. »Das wäre nur offiziell. Sie würde sich nur bei dir anmelden, damit sie den SV-Beitrag bezahlen kann.«

»Ach so«, sagte Einar etwas enttäuscht. »Das ist aber schon ein bisschen riskant, oder? Und was, wenn ich wirklich mal eine Assistentin brauche?«

»Wir würden dafür jede Woche eine Flaschtik verkaufen«, sagte Anika plötzlich.

»Was?« Einar wusste nicht, ob er richtig gehört hatte. Auch Michael schaute sie verblüfft an.

»Ja. Jede Woche mindestens eine«, sagte Anika.

»Die kosten aber«, sagte Einar. »Das ist Kunst.«

»Wie viel kosten die?«, fragte Anika.

»Na ja«, überlegte Einar, der mit dieser Frage offenbar noch nie konfrontiert war. »Sicher zwanzig Mark, dreißig für einige der größeren. Ist ja auch Material dabei und so.«

»Gut«, sagte Anika. »Wir verkaufen sie alle für dreißig Mark. Abgemacht?«

»Und wie viel bekomme ich davon?«, fragte Einar.

»Dreißig«, sagte sie.

»Und was macht ihr dann damit?«

»Das lass mal unsere Sorge sein.«

Einar wollte sie auch später nicht gern gehen lassen, weil er es wahrscheinlich schöner fand, in Gesellschaft zu trinken, aber Anika und Michael konnten ihn überzeugen, dass sie unbedingt nach Hause mussten und nicht bei ihm übernachten konnten, weil doch auch am nächsten Morgen die Bauarbeiter kamen. Es war erstaunlich, dass Michael den Wagen noch fahren konnte, so viel Wein, wie Einar in sie hineingefüllt hatte.

»Da werden morgen früh wieder einige Fla… Flaschtiken in der Asche liegen«, lallte Anika.

»Und du willst ihm die Dinger auch noch abkaufen«, stieß Micha hinter dem Lenkrad hervor. »Wozu? Wo-zu?«

»Sieh mal: Wir dürfen doch kein Geld für die Hypnose nehmen, richtig? Und wir können doch nicht ewig diese Nummer mit *Beteiligung an den Lebenshaltungskosten* weitermachen. Die Leute sollen schon was zahlen, denn was nichts kostet, ist den Leuten doch am Ende auch nichts wert. Und ich darf doch Skulpturen des Künstlers verkaufen, für die ich als Assis… Assistentin arbeite. Und wer eine Skulptur …«

»Flaschtik.«

»… richtig! – eine Flaschtik von uns kauft, wird unser Freund, und unseren Freunden schenken wir die

Hypnose. Alles ganz legal, der kann sogar eine Quittung für das Zeug bekommen. Flaschtik – du liebe Zeit!«

Der Wartburg schien zum Glück weitgehend selbständig den Weg zum Hof von Siegfried zu finden, sie schlossen noch gemeinsam das Hoftor, in ein paar Stunden würde die Baubrigade hier wieder auf der Matte stehen. Anika erbrach sich unauffällig in die Ligusterhecke.

»Wir müssen was klären«, sagte Anika. Es war Sonnabend, und da kamen keine Bauarbeiter. So dringend die Bauarbeiten notwendig waren und so glücklich sie sich schätzen mussten, dass diese stattfanden, so sehr fühlte es sich doch allmorgendlich wie ein Überfall, eine Kampfhandlung an, die man zu überstehen hatte. Sie mussten in aller Herrgottsfrühe aufstehen, sich selber bereit machen, Frühstück und Bier für die Bauarbeiter kaufen, Mittagessen für sie kochen. Dann hatte Michael niedere Handlangerarbeiten auszuführen, während die Bauarbeiter herumlärmten, trampelten und überall Dreck verursachten. An manchen Abenden war sogar Anika zu müde für Hypnose gewesen, was sie als prinzipienfeste Frau selbst erschreckt hatte. Da war es schön, an einem Tag länger schlafen und sich nur um seine eigenen Angelegenheiten kümmern zu dürfen.

»Was denn?«, fragte Michael erschrocken. Die letzten Wochen waren für ihn äußerst anstrengend und herausfordernd gewesen. Er konnte jetzt nicht noch ein Problem vertragen. Sie hatten den Frühstückstisch unter den bestehenden Umständen so schön wie möglich gedeckt und sogar weich gekochte Frühstückseier in die festlichen Eierbecher gesteckt, die wie krähende Hähne aussahen.

»Wir sind nicht zusammen«, sagte Anika und sah ihn prüfend an.

»Ich weiß«, beeilte er sich zu sagen.

»Verstehe mich nicht falsch«, sagte sie, »du bist völlig in Ordnung. Von allen Männern, mit denen ich im Bett war, bist du sicher einer der fünf, zehn nettesten. Also nimm es nicht persönlich. Und wenn es sich ergibt, mit dieser schönen Mischung aus Hypnose und Sex dann würde ich es auch gern wieder mit dir machen, wenn es für dich in Ordnung ist.«

»Absolut«, sagte Micha mit etwas zu trockenem Mund.

»Aber wir sind deswegen nicht zusammen, damit das klar ist.«

»Klar.«

»Weil, wenn es da zu Unklarheiten kommen sollte und du doch denkst, dass wir zusammen sind, weil wir miteinander vögeln, dann müssten wir damit auch aufhören, damit es für dich klarer ist.«

»Nein, alles klar. Wir sind nicht zusammen.«

»Sehr gut«, sagte Anika zufrieden und biss von ihrem Brötchen ab. Sie köpfte ihr Ei und ärgerte sich, dass das flüssige Dotter herausfloss. »Dann können wir doch heute gern gleich im Anschluss an die Hypnose vögeln. Wäre das o.k.?«

»Einverstanden.«

Simone

Das war eben damals – sage ich immer wieder – eine andere Zeit. Wir hatten nichts, und wir hatten alles, gleichzeitig. Wenn du was brauchtest, musstest du nicht in den Laden gehen, weil da gab es ja nichts. Aber wenn du etwas haben wolltest, hast du es am Ende auch gehabt. Wenn ich das heute immer höre – wer hat denn zehn Jahre auf ein Auto gewartet, wer? Es war ritueller Teil des achtzehnten Geburtstags: Hartalk kaufen und sich für ein Auto und einen Autoanhänger anmelden. Ob man ein Auto wollte oder brauchte, spielte ja gar keine Rolle. Wenn du das Geld zusammenhattest, hast du dir dein Auto gekauft, es war eben teuerer als im Laden. Das war das Besondere bei uns, gebrauchte Autos haben auch mal das Doppelte vom Neupreis gekostet, so was gab's sonst nirgends. Aber wenn du dein Auto kaufen wolltest, hast du nicht gewartet, sondern hast es dir gekauft. Und nebenbei lief noch deine Anmeldung auf einen Neuwagen, denn die konnte man ja verkaufen für tausend Mark pro Wartejahr. Das Geschäft hat sich doch auch keiner entgehen lassen, tausend Mark fürs Nichtstun. Aber dass du mal in genau dem Jahr ein Auto gekauft hast, in dem du auch auf der Warteliste dran warst, das war doch wohl eher die Ausnahme, so wie bei einer Sonnenfinsternis, wo ja auch die Sonne zwischen dem Mond und der Erde – ich bekomm's nicht mehr zusammen, habe ich Astrophysik studiert? Habe ich nicht.

Ich habe ganz normal Sekretärin gelernt, gleich bei uns in der LPG. Das war der beste Job mit zehnter Klasse, Abitur hat nur eine aus unserem Jahrgang bekommen und es war vorher klar, dass das die Tochter von Engels wird, weil der ja bei der Partei war und darum habe ich mir darüber keine Gedanken gemacht, sondern mich lieber darauf konzentriert, dass ich Sekretärin bei uns werden kann, denn Mutti hatte auch gesagt, dass ich ja dann drüben bei ihrer Mutter wohnen könnte, bis Oma tot ist, und dann könnte ich gleich das Haus bekommen, und was sollte ich erst groß nach Schwedt oder sonst wohin ziehen, wenn doch zu Hause schon alles für mich eingerichtet ist, aber natürlich wollte ich auch nicht in die Produktion, denn Landwirtschaft ist einfach harte Arbeit und wenig Schlaf, und es ist auch kein Zufall, dass so viele in der Landwirtschaft gesoffen haben, sonst hältst du das ja auch nicht aus. Hat keiner was gesagt, wenn du gesoffen hast, solange du deine Arbeit geschafft hast, aber für mich war das trotzdem nichts. Heute ist das anders, heute trinken nicht mal mehr die Handwerker Bier, aber damals war das normal. Unsere Kantinenwirtin hatte immer auch Schnaps zum Kaffee, und das wurde gern genommen nach dem Essen und nicht immer haben die Leute sich

Kaffee dazu bestellt, das war mehr, wenn der Brigadier dabeisaß, dann sah das besser aus.

Na ja, Mutti kannte ja Klempow schon lange, und er kaufte ja auch immer bei uns ein – gut, es haben alle bei uns eingekauft, wir waren ja der Konsum, und warum sollte man auch woanders einkaufen, bei uns gab es ja alles, was es gab. Ein paar Sachen gab es nicht für jeden, das wäre ja noch schöner gewesen, heute ist so was teuer, aber damals haben wir das eben anders geregelt. H-Milch, Leckermäulchen, Koteletts oder wenn wir mal Apfelsinen hatten – das gab es eben nur für Kunden, und nicht jeder war Kunde. Aber als ich in die neunte Klasse kam, sprach Mutti mit Klempow und ab da war Klempow Kunde und dann wurde ich Sekretärin bei ihm. Mutti hat immer gesagt, dass sie das einfach nur ein bisschen vorgezogen hat, denn ab dem Moment, wo Klempow mein Chef war, wäre er sowieso Kunde bei uns geworden und überhaupt war er der LPG-Vorsitzende, da war es ja völlig richtig, dass er auch alles bekam. Aber natürlich mussten auch Mutti und Vati darauf achten, dass sie genügend hatten, denn wir bekamen ja nur begrenzte Mengen und die Elektriker und der Autoschlosser und der Klempner und Martina, die in den *PGH Modewerkstätten* in Neubrandenburg arbeitete und alle möglichen Stoffe besorgen konnte, und natürlich Hartmut aus der Baustoffversorgung – na, es kam einiges zusammen, wenn man Kundenpflege betreiben wollte, aber Mutti und Vati hatten das immer gut im Griff und es ging uns gut, weil es ja nichts gab, wir aber alles hatten.

Die Lehre war das Beste, was mir passieren konnte, geregelte Arbeitszeiten und eine gehobene Position. Das Gehalt war eigentlich nicht besonders, aber das war ja sowieso nur das Grundgehalt. In dem einen Jahr, als wir den neuen Finanzer hatten, habe ich zwei Monate lang kein Geld auf mein Scheckkonto bekommen – ich habe das nicht gemerkt. Miete zahlen wir nicht, einkaufen musste ich nicht, und wenn ich mal was brauchte, habe ich das meistens aus dem Reptilienfonds genommen. So hieß das Ding schon immer, schon vor Adolf, hatte Klempow gesagt. Wenn jemand fragte, nannten wir es den »Fonds zur besonderen Verwendung des Vorsitzenden«. Das klang besser als Trinkgeldkasse, und da war ja auch nicht nur Trinkgeld drin. Je nachdem, was die Leute brauchten, ließen die meisten ja Scheine da und die Leute brauchten alles. Den großen Trecker für das Wochenende, Löschkalk, den Anhänger – zum Glück wussten alle, was zu zahlen ist, kamen vorbei, grüßten freundlich, sagten: »Simone – ist der große Hänger dieses Wochenende frei?«, und ich schaute in den Kalender, nickte und dann landete der Schein auf dem Tisch und gut war. Am Freitagabend holte derjenige den Hänger.

Also, mein Gehalt war mir wirklich egal. Aber ich hatte gute Arbeitszeiten, keine Nacht-, keine Wochenendschichten, Telefon und eine einflussreiche

Position. An mir kam ja keiner vorbei. Dem Chef war das alles egal, solange ich ihm nur das Papier vom Hals hielt. Der war Bauer, wollte seine Stiefel anziehen und raus auf den Acker, Baustellen abfahren, im Lager mit anpacken. Vorsitzender war er nur geworden, damit das nicht der blöde Kersten wurde und der ist ja dann auch bis nach Tangerhütte rüber, weil er ja so gern Vorsitzender irgendwo sein wollte.

Jedenfalls war ich Chef, das kann man wirklich so sagen und ich würde mal sagen, ich war nicht die Einzige im Ort, die das so gesehen hat. Und was mir auch noch gefallen hat an der Position, war, dass man alles mitbekommen hat, was so passiert ist, alles. Du hast ja genau gesehen, wer am Morgen noch besoffen war, wer sich mit wem zur Schicht einteilen ließ oder nicht mehr einteilen ließ, wer plötzlich umziehen musste oder sich was Neues gekauft hatte – alles hast du mitbekommen. Man sagt ja, Wissen ist Macht, aber auf Macht war ich eigentlich gar nicht so aus. Ich fand es einfach nur toll, an der Quelle zu sitzen, die Quelle zu sein. Wenn du einen Termin wolltest für eine Kohlenkarte oder eine neue Kartoffelgenehmigung oder für die Pacht, musstest du zu mir.

Die Pommern sind ja schweigsam, aber wenn du für dein Schweigen nichts bekommst, fängst du ganz schnell an zu reden, und so wusste ich immer *alles*. Und was ich nicht wusste, wussten Mutti und Vati aus dem Konsum, sodass wir doch wieder alles wussten, also ich zumindest. Ich habe ja nichts damit gemacht, ich war nicht bei der Stasi oder so, dafür hatte ich gar keine Zeit. Wann hätte ich da hingehen sollen? Einundachtzig haben Stefan und ich ja auch geheiratet und zweiundachtzig kam ja schon die Kathleen. Da haben sie sich alle gewundert: »Kathleen, ja? Wie schreibt man das? Nicht Katja, nein?« Hat denen nicht gepasst, aber mir war das egal.

Stefan hat dann auch schon das Haus so weit ausgebaut, es war ja abzusehen, dass es mit Oma nicht mehr lange gehen würde, und mehr als ein Zimmer hat sie sowieso nicht genutzt, das war doch sogar besser für sie, dass wir alles schön gemacht haben bei ihr, neues Bad, neue Küche, alles neu tapeziert. Na ja, Oma hat sich manchmal über die Bauarbeiten beschwert, aber so sind alte Leute eben. Ganz ohne Staub und Geräusche läuft so was ja nicht ab. Ihr Zimmer haben wir genau so gelassen, wie sie es immer hatte, das wollten wir dann gleich für das zweite nehmen und da haben wir ihr das so gelassen, wie es war, und als sie dann vierundachtzig weg ist, haben wir es gleich renoviert, von der Zeit her hat das perfekt hingehauen. Hellblau, weil es ja ein Junge werden sollte, und das hat dann auch geklappt mit René.

Und sonst passiert ja eigentlich nicht viel bei uns auf dem Dorf – der heiratet, die bekommt ein Kind, dort fällt einer vom Dach und manchmal hat einer eine Chemo, aber so, wie man das aus der Stadt so hört, täglich Mord und Totschlag, gibt es bei uns ja nicht. Hat es nie gegeben. Das Schlimmste, was uns hier mal passiert ist, war, als Micha auf Siegfrieds Hof seine Sekte aufgezogen hat. Also, du darfst mich nicht fragen, was das genau war, ob es korrekt ist, das eine Sekte zu nennen oder ein Irrenhaus oder was das war, aber jedenfalls war es nicht gut für uns.

Micha ist an sich ganz in Ordnung. Er ist nicht direkt aus Soldin, weil ja seine Mutter damals weggezogen ist, aber der Hof gehört schon immer seiner Familie, das muss man zugeben. Er ist so halb von hier. Und nach dem Tod seiner Oma hat er da auch ganz friedlich gewohnt. Na gut, wir haben uns gefragt, wie hält das einer aus, so ohne Wasser und ohne Heizung, das wäre für die meisten im Dorf nicht mehr schön gewesen, aber er hatte ja die Pumpe, hatten ja alle früher und das ging ja auch und die Kohlen kamen ja auch, aber wer Anbindung an die LPG hatte, hat sich natürlich früher oder später an die Fernwärme anschließen lassen, und Micha war ja eigentlich sogar auch offiziell LPG, das hatte er über mich damals geregelt beziehungsweise lief das direkt über den Chef, der kannte Micha noch von früher, und dann durfte er bei uns den Bibliothekar mimen und hat dann seine SV-Beiträge einmal im Jahr bei mir abgegeben und dann haben wir das offiziell gebucht und gut war.

Was der eigentlich da auf dem Hof gemacht hat, wusste niemand von uns. Es gab schon Gerede im Dorf, das kann man ja nicht vermeiden, wenn da einer so ganz allein auf einem Riesengehöft wohnt, ohne Acker, ohne Viehzeugs. Seine Großeltern haben ja beide noch gearbeitet, und als der Siegfried noch da war, hatten sie auch meistens zwei Schweine und ein paar Hühner, aber der Micha hatte nichts. Einfach nichts. Der kam zweimal in der Woche zum Einkaufen raus, hat genommen, was es gab, und ist wieder zurück auf seinen Hof. Der war natürlich nicht Kunde, aber er war zufrieden mit dem, was es auch so gab. Hat sich Schmalzfleisch im Glas und Brot und Rahmbutter gekauft und ist wieder zurück.

Ab und zu bekam er Besuch aus der Stadt, Frauen meistens. Wir dachten bei der ersten, das ist seine Freundin, bei der zweiten dachten wir, der Micha muss ja ein ganz schöner Feger sein, und bei der dritten wussten wir dann auch nicht mehr, was wir denken sollten. Die kamen immer allein in den Konsum, kauften sich immer Rotwein und was dazu, rochen ganz fremd, nach Parfum und was, und gingen dann wieder zu Micha. Die blieben meistens eine Woche. Aber wir wussten nicht so genau, was da los war. Die Sawidski erzählte ja dann irgendwas von Psychotherapie und so, und dann wurde uns das langsam unheimlich. Also ich bin ja gar nicht so, aber die Leute im Ort haben sich natürlich schon langsam Sorgen gemacht. Nicht dass im ganzen Dorf die Psychos herumrennen, haben sich viele Sorgen gemacht, denn man weiß ja, wie die sind. Und warum soll man schön ruhig an der Oder leben, damit dann aus der Stadt die Psychischen zu uns kommen, ausgerechnet zu uns, bei uns ist doch nichts.

Und ich bin mir sicher, dass es vielen auch nicht gefallen hat, wie die aussahen, beziehungsweise, dass es unseren Männern vielleicht sogar ziemlich gefallen hat, wie die aussahen, so dürre Hühner, nichts dran und immer wie aus dem Ei gepellt mit Frisuren und Schuhchen und hast du nicht gesehen, so sieht ja normalerweise niemand aus, außer in der Stadt vielleicht, was weiß denn ich. Aber man konnte nicht direkt etwas machen, weil ja auch Micha nirgendwo drin war, wo man ihn hätte rauswerfen oder zumindest mal ansprechen können.

Und eines Tages kam er mit der Gerlach angelaufen, direkt zu mir ins Büro. Das war eine Amazone, schwarze Haare, Röckchen, Bluse aufgeknöpft, bei der konntest du gleich bis nach Paris sehen. Die ist bei dem Klempow rein, fünf Minuten später wieder raus und noch *am selben Tag* ist der mit der Handwerkerbrigade da angerückt. Ich habe zu Doris gesagt, keine Ahnung, was die da in den fünf Minuten mit dem gemacht hat, aber das würde ich auch gern können. Na ja, haben wir gelacht, ein bisschen Spaß muss sein.

Aber die Gerlach war noch nicht mal der Höhepunkt, sondern mit der fing das Unglück erst richtig an. Die hat den ganzen Hof umgekrempelt, alles zu Wohngebäuden umbauen lassen, erst den Schuppen, dann das Stallgebäude zur Rechten. Alles so in Richtung Fremdenzimmer. Alle Geräte und Materialien sind nach hinten in die alte Scheune, aber gut, Tiere oder Stroh hatten die ja nicht mehr, nicht mal Kohlen brauchten die noch, seit sie angeschlossen waren. Woher ich das so genau weiß? Na, weil das alles über meinen Tisch ging. Die Gerlach kam oder der Chef ging da rüber, und zwei Monate später fingen die auch schon an zu bauen. Ich habe zu Marianne gesagt: »Pass mal lieber auf deinen Rolf auf«, aber die hat nur gelacht. Na gut, das war ein alter Kerl für die Gerlach, und die anderen Weiber, die da nach und nach so herumliefen, die waren ja eher so alt wie ich, aber irgendwie muss die den doch an der Angel gehabt haben, so wie der immer spurte. Ich habe ihn ja auch mal angesprochen, was er denn von der Gerlach bekommt, dass er immer alles für die tut und so, aber da ist er gar nicht drauf eingegangen. Hat nur gesagt, das ginge mich nichts an, und die Tür zugeschmissen, was er sonst nie machte.

Am Ende hat sich ja das ganze Dorf nur noch um Siegfrieds Hof gedreht. Die Männer haben da entweder gearbeitet oder was gebracht oder was geholt – Hauptsache, sie hatten einen Grund, sich die Weiber da drüben mal so richtig anzuschauen. Die sind da mit ihren Röcken und Schuhchen über den Hof gewackelt, den Kerlen ist ja alles Blut aus dem Gehirn verschwunden. Es war ein Grauen. Annett hat immer gesagt, ist doch egal, wo sie sich den Appetit holen, solange sie zu Hause essen, aber ich konnte darüber nicht mehr lachen. Mein Stefan musste ja auch immer da rüber, er ist nun mal der Elektriker, und ohne Strom geht gar nichts mehr, sagt er immer und hat er ja auch recht. War ja auch die beste Entscheidung, er hat dann ein paar Jahre drüben in Oldenburg gearbeitet. Als das mit der LPG hier alles den Bach runtergegangen ist, war ich in der Zeit auf Arbeitslosengeld und habe mich um den Hof gekümmert und die letzten Jahre im Laden geholfen, bevor das auch nichts mehr war, als alle ein Auto hatten und lieber zum Supermarkt gefahren sind, den hatten sie in das alte *ACZ* gesetzt, denn Agrarchemie brauchten die zwar immer noch, aber die hat man sich aus dem Katalog bestellt und wochengenau liefern lassen, sodass da Platz war, und dann kamen sie nicht mehr zu uns in den Laden, nur noch die Rentner, die nicht mal Fahrrad fahren wollten, aber Mutti und Vati waren ja sowieso schon alt genug und dann ist Stefan auch schon wiedergekommen und wir haben uns selbständig gemacht und das war die beste Entscheidung, davon konnten wir bald wieder gut leben. Wir haben nur zu René gesagt, er soll sich ein Zimmer bei Mutti und Vati ausbauen, weil, wenn die mal nicht mehr sind, muss er ja auch irgendwo leben. Das war ja auch genau die richtige Entscheidung, wie sich dann gezeigt hat.

Jedenfalls, die Gerlach hatte ich gefressen. Ich wollte nicht abwarten, bis die allen Männern bei uns den Kopf verdreht hatte und unsere LPG nur noch für den Hof da drüben arbeitete. Und darum habe ich mich eben informiert. Denn es war ja eindeutig, dass die ganze Sache nicht ganz koscher war. Was war das da drüben überhaupt für ein Unternehmen? Sollte das ein Jugendclub sein oder ein Kulturhaus? Denn das hatten wir ja schon. Und ein Hotel war es ja wohl auch nicht, auch wenn da jede Woche die Städter reingeschwärmt sind, Sommer und Winter, bei jedem Wetter und zu jeder Jahreszeit. Ich weiß nicht einmal, ob die überhaupt Weihnachten geschlossen hatten. Die standen dann immer bei uns im Laden oder liefen an der Oder entlang und schauten die Landschaft an, als ob sie zu viel getrunken hätten, und wenn dann noch die Kraniche da waren, hättest du denken können, jetzt ist es um sie geschehen.

Ich meine, die Oder und die Kraniche und das Schilf und der Matsch und die Biber waren immer da und werden auch noch da sein, wenn die und wir und alle weg sind, wie kann man darüber nur staunen, als hätte man gerade den Weihnachtsmann persönlich getroffen? Die kamen und die gingen, die standen bei uns im Laden herum und haben alles gekauft, die haben sogar Sauerkraut und Fliedermus gekauft, Vati hat immer mal umgeräumt, damit die bloß alles kaufen, der eine hat Scheuerlappen gekauft, jede Menge Scheuerlappen. Mutti hat den gefragt, was er mit so vielen Scheuerlappen will, und er hat gesagt, er will daraus Hosen nähen, und in Berlin machen das jetzt viele und darum gibt es keine Scheuerlappen mehr in der Hauptstadt, und dann hat er alle »Juwel«-Scheuerlappen gekauft, Vati war ja froh, dass er sie los war, »Juwel« hieß vieles damals – Scheuerlappen, Schnaps –, und bei den Zigaretten gab es gleich zwei

Sorten, die »alte« und die »neue« Juwel, aber bei uns haben immer alle die alte genommen für 2,50.

Wenn Mutti und Vati damals nicht mindestens die Hälfte aller Waren im Lager behalten hätten, wäre es doch zum halben Aufstand gekommen. Wir fingen dann an, dass wir immer doppelt besetzt waren, einer vorn, einer hinten. Unsere Leute kamen direkt zum Liefereingang, gaben einfach nur noch die Beutel und das passende Geld ab, wer hinten war, hat sie gefüllt, und dann sind die Leute abgerauscht. Was übrig war, kam nach vorn in den Laden, da war immer einer für die Berliner. Obwohl die ja auch aus anderen Orten kamen, Dresden und was weiß ich, aber wir haben meistens Berliner gesagt, das war kürzer, und darum ging es ja auch gar nicht. Aber irgendwie war es auch witzig, weil praktisch beide Geschäfte gut liefen. Hinten war der normale Umsatz wie früher, aber vorn haben wir auch guten Umsatz gemacht, weil die Berliner sich ja auch die teuren Sachen gekauft haben.

Irgendwann hat es den meisten einfach gereicht, das konnte man spüren. Wo man ging und stand, hat man diese aufgedonnerten Weiber gesehen. Die haben sich da drüben auf dem Hof aufgeführt, wie sie wollten, und wir sollten das einfach so schlucken? Unsere Männer waren ja teilweise öfter da drüben, als sie zu Hause waren, und das hat nicht nur mir gestunken. Ich bin auch zu Wolfgang rübergegangen und habe das mit dem besprochen, aber der ist doch auch nur zur Polizei, weil er nichts Richtiges arbeiten wollte. Ist gern durchs Dorf gefahren, hat auf wichtig gemacht, hat im Suff gern erzählt, dass ja die Arbeit eines Abschnittsbevollmächtigten gerade auch im Grenzgebiet besonderen Herausforderungen unterliege, das habe er auf einer Schulung gelernt, dabei war bei uns nie was, und mit Grenzgebiet hatten die auf der Schulung bestimmt nicht die Grenze zu Polen gemeint. Jedenfalls habe ich mit ihm geredet, weil er ja auch für die Meldebücher verantwortlich war, da ist er aus allen Wolken gefallen, das musste *ich dem* erzählen, weil er sich doch nur für seinen Suff und die *Schwalbe* interessiert hat. Er hatte auch einen Saporosch, aber der war privat und darum fuhr er lieber mit seinem Dienstmoped herum, da musste er nicht mal den Sprit bezahlen und konnte selbst mehr tanken, das haben wir so gesagt im Spaß.

Jedenfalls ist Wolfgang dann rüber zu Micha und hat ihn ermahnt wegen des Hausbuchs, aber nichts gemacht, und als er dann das nächste Mal rüber ist, hatte er wohl ein einwandfrei geführtes Hausbuch vorgelegt, richtig schön mit Namen, Personalausweisnummer und allem Drum und Dran. Die schrieben sogar die Besucher rein, die nur übers Wochenende kamen, dabei hätten sie das nur bei Besuchern von außerhalb machen müssen, die länger blieben. Jedenfalls hatten die da jetzt eine Marlen, die machte die ganzen Anmeldungen und Bücher und die führte auch das Hausbuch täglich aktuell, Wolfgang war ganz begeistert von ihrer schönen Handschrift, na ja, die Handschrift wird nicht das Einzige gewesen sein, was dem an ihr gefallen hat, aber der war dann jedenfalls für unsere Zwecke auch verloren, dabei mussten wir ja was machen, alle waren wir uns einig, dass es so nicht weitergehen konnte.

Das hat genervt, das kannst du dir nicht vorstellen. Die fingen dann an und machten Pizza und Spaghetti und Zucchini und was weiß ich alles nicht. Wenn die keine Koteletts bekamen, weil das ja alles hinten rausging, dann kauften die sich Hammelkeule und haben sich noch gefreut. Und Kräuter, immer wollten die Kräuter haben, am liebsten hätten sie Kräuter aus Ägypten gehabt. Aber wie man Tomaten ausgeizt oder dass man Möhren verzieht, davon hatten sie keinen Schimmer. Immerhin, Geld müssen die gehabt haben, denn die kauften sich auch *Duett* und bulgarische *Stewardess* und die ganzen anderen teuren Zigaretten, und Vati sollte Tonic bestellen und was weiß ich nicht. Tonic! Plötzlich gab es bei uns im Konsum Tonic, ich habe das probiert und es schmeckte für mein Dafürhalten einfach nur bitter, aber die müssen das auf Siegfrieds Hof literweise getrunken haben, na ja, es geht mich ja einerseits nichts an, aber das hörte auch gar nicht mehr auf.

Jedenfalls ist das heute vorbei und wir hatten unsere Männer wieder zurück und alles ist wieder so, wie es eben auch sein soll, und ich mache da drei Kreuze, weil es auch besser so ist. Und die Wende, ach, weißt du, die Wende, das war im Vergleich dazu doch ein Klacks. Bei uns im Ort stand keine Mauer und die Grenze zu Polen ist auch dicht geblieben, und wenn die offen ist, dann merkt man das nicht, weil da sind ja Westoder und Ostoder und noch das ganze Tal dazwischen.

Peggy

An das Ende des Soldiner Hofs erinnere ich mich wie an das Platzen einer Seifenblase, so habe ich es immer ausgedrückt. Da ist etwas Wunderbares, etwas Großes und Schillerndes, und man schaut es an und versucht, es ganz genau zu sehen, man versucht – wissend um die Vergänglichkeit – es sich einzuprägen, obwohl das eigentlich nicht geht, im Gedächtnis zu verewigen, wie sich die Farben des Sonnenlichtes in das Regenbogenspektrum brechen und auf der Oberfläche zahlreiche Bewegungen der Flüssigkeit darunterliegend zu beobachten sind, und du willst es ganz genau sehen, dir diese Schönheit *merken* und dann nimmt die Bewegung der Oberfläche zu wie Sonnenflecken, und die Blase platzt und du siehst noch das kleine Häufchen feuchtes Nichts, und dann ist es vorbei und du hast das Gefühl, dir nichts, absolut nichts, gemerkt zu haben, und du willst eigentlich nur die schöne Seifenblase zurück.

Ich kam zum Hof wegen Robert Smith. Es war mein größter Traum, einmal in meinem Leben *The Cure* live erleben zu können, einmal in meinem Leben in der ersten Reihe zu stehen, zu erleben, wie Robert seine Gedichte ins Mikrophon singt, flüstert, lebt. In der

Berliner Szene war Soldin damals keine Geheiminformation mehr, ein Mythos vielleicht, aber kein Geheimnis. Im Westen sagten sie: »Dann geh doch nach drüben!«, wir sagten manchmal: »Dann fahr doch nach Soldin.« Also, das sagte man natürlich nicht jeden Tag und sicher hat die Mehrzahl der Menschen das auch nicht gekannt, aber es scheint ja auch eine Menge von Menschen gegeben zu haben, die wirklich gern Katja Ebstein hörten; auch wenn ich keinen dieser Menschen kenne oder kannte, heißt das ja nicht, dass es diese Menschen nicht gibt.

Ich will sagen, es kann sein, dass Soldin nur in einer kleinen Szene bekannt war – Punk, New Wave, gegen das System –, was weiß ich. In meiner kleinen Szene jedenfalls wusste man ungefähr Bescheid. Als ich das mit sechzehn zum ersten Mal hörte, besoffen nachts in der Disco, wusste ich natürlich nicht, was es bedeutet, und Angie oder irgendjemand im *Kalinka* meinte, das sei ein Gerücht, aber Liso sagte, das sei kein Gerücht, ihre Schwester sei dort gewesen, das sei so ein Bauernhof am Arsch der Heide und dort würde ein Typ Hypnose-Reisen nach überallhin organisieren. Das klang so verrückt, dass es nur wahr sein konnte, und wir ließen es darauf beruhen, weil was von *Joy Division* kam, und es war allemal wichtiger, dann sofort tanzen zu gehen, als irgendein Gerücht oder nicht auszudiskutieren.

Aber seitdem hatte ich es im Hinterkopf und immer, wenn jemand diesen Spruch brachte, dachte ich daran, dass Liso wusste, wo das genau war, und dass ich sie wirklich mal dazu befragen müsste, und vergaß es dann fünf Minuten später. Aber als mich Norman verlassen hatte und ich der Überzeugung war, dass die Welt jetzt zusammenbrechen wird, gab es für mich nur eine Rettung, eine Möglichkeit, wie ich nicht vollkommen wahnsinnig werden und zusammenbrechen würde – indem ich sofort zu einem Live-Konzert von Robert Smith gehen und dort ausgiebig heulen und schreien könnte.

Lisos Schwester arbeitete damals schon in Hütte, aber sie rief noch jeden Sonnabend zu Hause an und dann konnte Liso sie fragen, und am Freitag waren wir sowieso alle im *Thule*, wo sie mir die Adresse gab. Ich hatte damals meine erste Stelle als Krankenschwester in Herzberge, aber unsere Oberschwester war total in Ordnung und gab mir eine Woche frei. Eigentlich wollte ich damals schon Psychologie studieren und es hätte vielleicht sogar klappen können, wenn ich nicht so dämlich gewesen wäre, *Psychologie* als Studienwunsch auf die Bewerbung zur Oberschule zu schreiben.

»Lehrer, Mensch! Du musst ›Lehrer‹ schreiben«, sagte Angie zu mir. Wenn man Psychologe werden wollte, dann schrieb man erst *Lehrer* in die Bewerbung, dann in der nächsten Runde Erstwunsch *Lehrer* und Zweitwunsch *Psychologe*, dann drehte man das um und dann kam es zum Lenkungsgespräch. Da sagte man dann irgendwas, dass man immer noch überlege, Lehrer zu werden, oder dass man als Psychologe ja auch so eine Art Lehrer ist, oder was auch immer. Jedenfalls durfte man niemals gleich *Psychologe* schreiben, denn dann nahmen sie einen erst gar nicht für die Oberschule, weil sie ja davon ausgingen, dass soundso viele Lehrer schon in Wahrheit Psychologen werden wollen, da konnten sie zusätzliche nicht noch gebrauchen, die von vornherein zugaben, Psychologe werden zu wollen.

So wurde ich leider nicht zur Oberschule zugelassen, und da habe ich mich eben als Krankenschwester in der Psychiatrie beworben. Das hat sofort geklappt und war auch eine sehr schöne Arbeit damals. Wir hatten nicht so viele Medikamente, und darum mussten wir die Leute gesund pflegen, und wir hatten genügend Zeit dafür, was eigentlich schön ist.

Jedenfalls war ich im März 1989 Krankenschwester, als ich nach Soldin fuhr. Geld hatte ich eine ganze Menge, es kostete ja alles nichts. Meine Wohnung kostete zweiundvierzig Mark Miete, der Eintritt ins *Kalinka* waren drei Mark plus fünf Pfennige *Kulturbeitrag*. Und sonst? Mittag aß ich in der Kantine, am Wochenende manchmal bei Mutti und Vati, die Klamotten, die ich tragen wollte, musste ich mir sowieso selbst nähen. Also hatte ich mir vorsichtshalber fünfhundert Mark eingesteckt und mich in den Zug nach nirgendwo gesetzt, einfach nur mit einem Rucksack und ein paar Klamotten. Das würde völlig reichen, hatte Liso gesagt, hätte ihre Schwester gesagt.

Ich lief dann vom Bahnhof ein paar Kilometer

zum Hof, die Leute guckten alle schon genervt, als sie mich sahen, aber das war ich gewohnt. Ich habe von Natur aus dunkle Haare, die ich damals immer blauschwarz färbte, damit sie so schön unnatürlich dunkel aussahen. Dann machte ich sie mit Zuckerwasser nass und toupierte sie, bis sie in alle Richtungen nach oben standen. Das Gesicht schminkte ich mir weiß, die Augen so schwarz wie möglich, und die Arbeit war der einzige Ort, wo ich Kleidung trug, die nicht aus schwarzem Stoff gefertigt war. Meine Familie wusste, dass jegliche Kleidung, die sie mir schenkte und die nicht von sich aus schwarz war, innerhalb von vierundzwanzig Stunden ihren Weg in ein schwarz färbendes Textilbad finden würde. So war ich damals einfach, ich nahm das ziemlich ernst. Wenn ich einen Tag lang neue Klamotten getragen hatte und mich am Abend duschte, war das Wasser schmutzig grau, das den Ausfluss herunterlief, weil die schwarze Farbe sich teilweise auf meine Haut übertrug. Heute bin ich nicht mehr so streng, aber wenn ich ein schwarzes Kleidungsstück finde, das mir gefällt, freue ich mich doch noch immer besonders.

Jedenfalls schwebte ich als schwarzer Vogel vom Bahnhof Richtung Oder hinunter, das muss schon ein ziemlicher Anblick gewesen sein. Aber es war nichts im Vergleich zu dem, was auf diesem Hof abging! Da liefen zwanzig Frauen geschäftig und fröhlich umher, der ganze Hof war vollgestellt mit Tontöpfen, in denen Blumen und Kräuter wuchsen, und ich meine:

der ganze Hof. Obwohl der eigentlich gepflastert war, sah man fast nur Grün, weil alles mit Pflanzen vollgestellt war, die auch gerade von einer der Frauen gegossen wurden. Es war ein kalter Tag im April, aber in der Sonne war es schon wunderbar warm.

»Das sieht toll aus, oder? Wir haben die Töpfe gerade vor einer Woche rausgestellt, obwohl Astrid meint, dass noch mal Frost kommen kann«, quatschte mich eine Frau, die vielleicht zwei, drei Jahre älter war als ich, gleich an. »Hallo, bist du neu? Dann geh mal gleich nach oben. Ich glaub, Marlen macht heute die Neuanmeldungen.«

Eigentlich waren da auch Männer, aber man hat die gar nicht so gesehen, weil das alles so ein Frauenkollektiv war, ich kann es nicht richtig erklären. Als ich in das Haupthaus kam, saß da eine Marlen und fragte mich, wie lange ich bleiben wollte, und ich dachte spontan: »Für immer!«, sagte aber, dass ich es nicht so genau wissen würde, zwei oder drei Tage.

»Kein Problem, du kannst dich ja auch noch später entscheiden«, sagte sie. »Für zwei Tage müsstest du diese Skulptur hier kaufen und für drei Tage diese.«

»Was? Ich bin eigentlich wegen Hypnose hier, glaube ich.«

»Das ist schon klar«, sagte sie ganz professionell. »Die Hypnose schenken wir den Freunden des Hauses.«

»Und wer sind Freunde des Hauses?«, fragte ich naiv.

»Alle, die unsere Skulpturen kaufen«, sagte Marlen.

»Ah, jetzt verstehe ich!«, sagte ich. »Was kosten die denn?«

»Diese hier kostet zweihundert und diese dreihundert Mark.« Sie hielt dabei zwei verschieden große Klumpen aus grünem Glas in die Höhe. Überall in dem Zimmer standen solche Klumpen herum. »Du kannst dir auch eine andere aussuchen«, sagte sie, als sie meinen Blick bemerkte.

»Was nehmen denn die meisten?«, fragte ich.

»Die meisten bleiben gern etwas länger. Wir kochen gemeinsam und machen Gartenarbeiten und spielen Tischtennis, und die Hypnose finden sowieso alle ganz großartig.«

»Geht es denn auch, ich würde gern ein ganz spezielles Konzert von einer ganz speziellen Band in einem ganz speziellen Club sehen?«

»Es geht alles«, sagte Marlen überzeugt. »Wenn du weißt, wohin du willst, kann dich die Hypnose dahin bringen.«

»Dann würde ich diese Skulptur nehmen«, sagte ich und zeigte auf einen der Klumpen, »oder nein … diese – welche kostet dreihundert?«

»Diese hier, glaube ich«, sagte Marlen. Ich gab dreihundert Mark, was schon eine ganze Menge war.

»Kann ich die Skulptur erst mal hier lassen?«, fragte ich, als ich das hässliche, schwere Ding kurz in die Hand genommen hatte.

»Natürlich«, sagte Marlen. »Das machen die meisten. Aber jetzt sieh zu, dass du schnell in dein Zimmer kommst, denn es gibt gleich Mittag. Du hast Zimmer drei.« Sie gab mir einen Schlüssel.

»Was gibt es denn zum Mittag?«

»Ich glaube, Schmorgurken mit Salzkartoffeln. Das ist immer sehr beliebt.«

Ja, und dann tauchte ich vier Tage in das Soldiner Leben ein, ich hatte noch hundert Mark übrig und war nach drei Tagen völlig überzeugt, dass ich mein Geld noch niemals sinnvoller ausgegeben hatte als für einen Tag auf dem Hof. Wenn ich noch mehr Geld dabeigehabt hätte, wäre ich noch länger geblieben. Ich konnte lesen und kochen, wenn ich wollte, und mit den anderen irgendwas im Garten tun oder gern auch nichts tun und auf meinem Bett liegen. Und einmal am Tag ging ich zu Anika ins Hypnosezimmer zwei, eine nette Frau, zehn Jahre älter als ich, tiefenentspannt und super versiert in Hypnose.

Es gab vier Hypnose-Zimmer, im Haupthaus gleich rechts. Die Eins war für Michael reserviert und in den Zimmern zwei bis vier waren die verschiedenen Frauen tätig. Anika war mir auf jeden Fall sofort sympathisch, wir haben uns kurz besprochen, dann kamen ein paar Atemübungen, und im Handumdrehen stand ich im *Marquee Club*, Simon, Roger, Laurence und Pori kamen auf die Bühne, fingen an, *The Baby Screams* zu spielen, und dann stand plötzlich auch Robert da, zwei, vielleicht drei Meter von mir entfernt, und es war einfach traurig und perfekt und genau so, wie ich mir das vorgestellt hatte, was natürlich damit zusammenhing, dass ich mir das ja gerade selbst vorstellte, was aber meinem Glück keinen Abbruch tat, und als mich Anika aus der Hypnose holte, war ich glücklich und traurig, dass es vorbei war, und überwältigt, und Norman hatte ich da schon fast vergessen.

Soldin war für mich ein Paradies, eine Utopie kurz vor Polen, am Ende der Welt, inmitten der grauen und unveränderlich erscheinenden DDR-Realität um mich herum. Ich meine, ich lebte offiziell in der Hauptstadt einer der zehn größten Industrienationen der Welt und nach Mitternacht wurden da die Bürgersteige hochgeklappt, in den nicht verdreckten Restaurants lagen überall Häkeldeckchen und viele der Altbauten zeigten immer noch Einschusslöcher von einem fast fünfzig Jahre zurückliegenden Krieg auf. Ich war keine Systemkritikerin, die in die Umweltbibliothek rannte, *Schwerter zu Pflugscharen*-Aufnäher trug und wöchentlich ein paar Stunden in Polizeigewahrsam verbrachte. Aber die totale Depression und Hoffnungslosigkeit, wie sie Anne Clark oder eben Robert Smith besangen, erschien mir als eine adäquate Beschreibung der Realität, in der ich lebte.

Auf dem Hof war das alles völlig anders. Die Leute da waren heiter gestimmt, hatten immer etwas zu tun, das sie auch gern tun wollten. Wie ich aussah, wie irgendjemand aussah, spielte dort keine Rolle, selbst Geld war genügend da. Der Hof gehörte Michael, der ihn von seiner Großmutter geerbt hatte, aber das, was da war, gehörte ihm nicht. Verwaltet wurde die Unternehmung von Anika, Cornelia und Marlen, aber der eigentliche Zusammenhalt war die Hypnose, dieses wissende Lächeln, dass jede dort jeden Tag ihren Traum leben konnte. Zwar geschah das natürlich nur ein paar Minuten, vielleicht eine Stunde am Tag, aber das ist ja ohnehin normal. Auch wenn ich wirklich nach London und tatsächlich zu einem Konzert von *The Cure* gekommen wäre, hätte dieses Erlebnis eine bestimmte Zahl glücklicher Minuten angedauert, um dann zur schönen Erinnerung zu werden.

Diese Gedanken wären mir nicht in den Sinn gekommen, wenn ich nicht die Hypnosetherapie bei Anika gemacht hätte, ich benutze diesen Ausdruck ganz bewusst, denn für mich waren diese Sitzungen therapeutisch. Vorher gab es nur dieses Gefühl, lebenslänglich in einem sehr ordentlich ausgestatteten und weitgehend anständig geführten Gefängnis leben zu müssen, mit der vagen Hoffnung auf eine befristete Haftverschonung bei Erreichung des Rentenalters. Aber die Hypnose befreite mich von diesem Gefühl. Ich konnte mich zwar nicht nach außen befreien, aber der Weg nach innen stand mir offen. Niemand konnte mir verbieten, mich wohlzufühlen, glücklich zu sein, in meinen Gedanken das zu erleben, wovon ich träumte, außer mir selbst. Selbst als Londonerin hätten mich unzählige Dinge davon abhalten können, in ein Konzert von *The Cure* zu gehen, und noch mehr davon, dort das perfekte Konzerterlebnis zu haben. Aber im Hypnosezimmer zwei gab es nur noch eine Person, die mich davon hätte abhalten können.

Schon am zweiten Tag klopfte ich wieder bei Marlen in der Anmeldung an.

»Willst du deine Skulptur abholen?«, fragte sie.

»Was? Nein.« Ich war überrascht, weil ich an diese Dinger überhaupt nicht mehr gedacht hatte.

»Was gibt es dann?«

»Ich … ich würde gern auf dem Hof bleiben, hier bei euch.«

Marlen seufzte und verdrehte die Augen ein bisschen nach oben. »Ja«, sagte sie. »Das willst du also?«

»Ja, sehr gern«, sagte ich eifrig. »Ich finde es hier einfach geil. Also, das ist der völlig falsche Ausdruck, tut mir leid, ich … Ich bin einfach gern hier und glücklich hier und es gibt keinen Ort, wo ich lieber wäre, ich … Ich weiß nicht, ich sollte vielleicht einfach nichts mehr sagen.«

»Du findest es hier also geil«, sagte Marlen sachlich. »Das ist doch nichts, wofür man sich entschuldigen muss. Es ist doch schön, dass es dir gefällt, was wir hier aufgebaut haben, und wir sind doch auch alle hier, weil wir es geil finden. Man könnte es vornehmer ausdrücken, aber dein Ausdruck trifft es auch.«

»Ja.« Ich seufzte erleichtert.

»Das Problem ist nur, dass es vielen hier sehr gut gefällt und wir längst nicht mehr alle hier unterbringen können. Aber«, und sie begann zu überlegen, »vielleicht hast du Glück. Kannst du in fünf Wochen noch mal kommen?«

»Ja klar«, sagte ich eifrig.

»Das ist gut«, sagte Marlen. »Es kann – ich will noch nichts verraten, – aber es kann sein, dass sich in ungefähr fünf Wochen was ergibt. Melde dich einfach dann, ja?«

»Natürlich. Meinst du, in genau fünf Wochen von heute oder Montag in fünf Wochen?«

»Du – mache dir bitte keinen Stress. Wenn du irgendwann im Mai kommst, dann sage ich dir Bescheid, wenn du im Mai nicht mehr kommst, ist das auch in Ordnung, dann gebe ich das Zimmer einer anderen, wenn es frei wird.«

»Gut zu wissen«, sagte ich. »Dann sehen wir uns im Mai.«

Die Wochen in Berlin danach wollten kaum vergehen. Ich sehnte mich nach dem Hof in Soldin wie nach einem Geliebten. Nie hatte ich Norman so vermisst, dachte ich belustigt, wie ich diesen Bauernhof herbeisehnte. Mein Leben in Berlin passte mir nicht mehr, es interessierte mich einfach nicht mehr, mich nachts in einer Disco zu besaufen und auf gute Musik zu warten, wenn ich stattdessen jeden Tag zu diesen Bands in die Konzerte hätte gehen können, also natürlich nicht direkt und wirklich und wahrhaftig, aber doch wesentlich wirklicher, als in einem Jugendclub in Friedrichsfelde-Ost deren Musik aus übersteuerten *Vermona*-Boxen zu hören. Das Leben, das ich geführt hatte, fühlte sich nach diesen paar Tagen wie eine Vorarbeit an, die ich nun zugunsten der tatsächlichen Arbeit hinter mir lassen wollte.

Am 29. April stand ich wieder bei Marlen in der Anmeldung, ich weiß es noch ganz genau, es war ein Sonnabend.

»Peggy«, sagte sie mit leichtem Erstaunen. »Haben wir schon Mai?«

»Übermorgen«, sagte ich. »Und das ist ein Feiertag. Und da dachte ich, bevor jemand anders kommt, bin ich lieber überpünktlich.«

»Den Mai hätten wir schon noch gewartet. Aber tatsächlich kannst du schon morgen in dein Zimmer. Petra nutzt auch das lange Wochenende, um zurückzuziehen.«

»Wirklich?« Ich konnte mein Glück kaum fassen. »Das ist ja supertoll.«

»Ja wirklich«, sagte Marlen und schüttelte mich von ihrem Hals. »Petra muss sich um ihre Mutter in Halberstadt kümmern, die ist gestürzt und kommt nicht so gut allein zurecht. Sie hat gestern Abend geheult wie ein Schlosshund, aber was willst du machen?«

»Ja«, sagte ich und riss mich zusammen. »Das heißt, wo kann ich wohnen?«

»Heute Nacht im Gästezimmer sieben und dann im *Rotkehlchen*.«

»Im was?«

»Ich weiß nicht, wer darauf gekommen ist, die Zimmer nach Vögeln zu benennen, jedenfalls wärst du im *Rotkehlchen*, eben Petras jetzigem Zimmer. Ist doch vielleicht sogar besser, dass es einen Namen hat und nicht alle *Petras altes Zimmer* dazu sagen.«

»Klar.«

»Kannst du kochen?«, fragte mich Marlen.

»Na ja«, sagte ich wahrheitsgemäß, »mehr schlecht als recht.«

»Das reicht«, entschied Marlen.

»Das reicht wofür?«

»Petra war Beiköchin in der LPG, und wenn du ihr Zimmer übernimmst, dann übernimmst du am besten auch gleich ihren Job.«

»Beiköchin? Ich bin Krankenschwester.«

»Darum geht's doch nicht. Es geht darum, dass jede einen Job braucht, damit wir unsere SV-Beiträge zahlen und nicht offiziell asozial sind.«

»Was machst du offiziell?«

»Ich bin Aktmodell«, sagte Marlen, woraufhin ich sie mit großen Augen anschaute. Sie war wunderschön, aber wo arbeitete sie in dieser Gegend als Aktmodell?

Marlen zeigte auf die Glasklumpen. »Der Künstler, der diese Dinge hier herstellt, ja? Der beschäftigt Anika als Assistentin und mich als Aktmodell. Das heißt«, und sie schaute auf einen der Klumpen näher, »bei genauer Betrachtung könnte man auch sagen, dass ich Modell für diese Dinger hier gestanden habe. Nicht sehr schmeichelhaft, oder?«

Ich schaute sie verunsichert an. Ich wollte jetzt nichts Falsches sagen.

»Ich mache nur Spaß«, sagte sie. »Du wirst genauso viel in der LPG-Küche kochen, wie ich für Einar Modell stehe. In dieser Küche regiert seit Jahren, wahrscheinlich seit Jahrzehnten, eine gewisse Ursula, neben der das sowieso niemand aushalten würde. Ich habe die mal im Konsum getroffen – beeindruckend. Dienstags kommt Klempow immer hier vorbei, der ist dort Vorsitzender, und dann können wir das gleich regeln.«

»Warum kommt der immer dienstags vorbei?«

»Er steht auf Country und geht zum Micha, um nach Nashville zu reisen – große Countrymusik-Festivals mit seinen Lieblingsstars, Cowboyhüten, Rodeos, Steaks und schönen Frauen. Danach essen wir alle zusammen, er freut sich, dass er zwischen lauter Frauen sitzen darf, und wir besprechen die Projekte, die anstehen.«

»Was für Projekte?«

»Ach, irgendwas ist doch immer. Eine Anmeldung, so wie bei dir, oder Mauererarbeiten im Gartenbereich oder die Pumpe ist kaputt – irgendwas. Er kann uns helfen, wir können ihm helfen, eine Hand wäscht die andere. Außerdem weiß er immer, wenn irgendwas Wichtiges in der Gemeinde passiert, dann wissen wir es auch und können vorsichtig sein.«

»Wie – vorsichtig?«

»Na ja, unser Leben hier entspricht ja nicht direkt der gewünschten sozialistischen Lebensführung. Wir produzieren nichts Wichtiges, wir nehmen nicht am sozialistischen Wettbewerb teil – was weiß ich. Vielleicht sind wir sogar bürgerlich.«

»Ihr bietet Reisen in die USA an.«

»Moment«, sagte Marlen sofort abwehrend. »Das machen wir nicht! Wir bieten Reisen an Traumorte wie Hanoi, Havanna und das Elbsandsteingebirge an. Wenn sich im Verlauf der Hypnose herausstellt, dass die Traumorte der Menschen in anderen Ländern liegen, ist das nicht unsere Schuld. So wollen wir das immer formulieren«, sagte sie nachdrücklich und schaute mich ernst an.

»Verstehe.«

»Aber wir müssen aufpassen. Denn egal, wie wir es formulieren, welche Formulierungen wir uns auch zurechtlegen – das, was wir hier machen, ist nicht geeignet, Begeisterung bei den staatlichen Stellen hervorzurufen. Und darum ist es gut, engen Kontakt zur örtlichen Führungsspitze zu halten.«

Am verwunderlichsten war es damals für mich selbst, dass ich mir dort abgewöhnte, meine Haare zu färben und zu toupieren, wozu mich meine Lehrer und meine Eltern und dann meine Ausbilder und die diversen Oberschwestern immer gedrängt hatten, was ich vehement abgelehnt, wogegen ich gekämpft hatte. Für immer wollte ich mir die Haare toupieren, so hatte ich mir das vorgenommen. Aber schon in der zweiten Woche auf dem Hof kam ich mir albern vor, als ich zur Küche hätte gehen müssen, um mir Zucker zu holen und mir dann die Haare aufzustrubbeln, damit ich individuell aussah, anders als die anderen Frauen auf dem Hof, von denen jede einfach so aussah, wie sie war, in jedem Fall individuell, und dann nahm ich die Bürste, die ich jahrelang dazu benutzt hatte, um die Haare durcheinanderzubringen, und kämmte mich damit.

Ich war dafür zuständig, die Zimmer sauber zu machen, wenn die Übernachtungsgäste abgereist waren, ich half ein bisschen in der Küche und musste ein paarmale auch mitfahren zu Einar, um neue Flaschtiken zu holen. Das war eigentlich der anstrengendste Job, ihm stundenlang beim Feuermachen, Labern und Saufen zuzuschauen, obwohl ich lieber in meinem Bettchen gewesen wäre, aber im Vergleich zu einer echten Arbeit mit Schicht- und Wochenenddiensten war das ja an Harmlosigkeit nicht zu überbieten.

Viermal in der Woche machte ich eine Hypnose-Ausbildung, die aus ganz normalen Hypnosen mit einer Einführung zu Techniken und Durchführungspraktik bestand. Da ich ja die Hypnose selbst sehr mochte, machte mir die Ausbildung sehr viel Spaß und das Lernen fiel mir leicht. Nach ein paar Wochen durfte ich sozusagen im Gegenzug meine Lehrerinnen Anika und Cornelia hypnotisieren, was ganz gut klappte, sie gaben mir danach noch Hinweise, wie ich noch besser werden konnte, ich habe nie wieder, insbesondere auch nicht bei meinem Studium oder der Therapieausbildung, so eine respektvolle und effektive Lernatmosphäre erlebt wie damals.

Im Übrigen bin ich überzeugt, dass mein späteres Leben sehr mit meiner Zeit auf dem Hof zusammenhing. Ich meine, damals konnte ja noch niemand ahnen, dass alles so schnell vorbei sein würde, also nicht nur das Leben auf dem Hypnosehof, sondern auch unsere Inhaftierung, weil das ganze Land drum herum aus seiner ganz eigenen Realitätsverkennung herausfiel. Aber als sich die Option eröffnete, das Abitur zu machen und zu studieren, war ich mir sofort im Klaren, Psychotherapeutin werden zu wollen. Und meine Inspiration waren die Monate auf dem Hypnosehof, bis heute denke ich fast täglich daran. Das war meine prägende Zeit, auch wenn sie so kurz war.

Später war es gerade in der Psychotherapieausbildung teilweise bizarr. Einmal hatte ich eine Nachfrage zu Abwehrmechanismen und fragte meine Ausbilderin nach einer Literaturempfehlung. Sie riet mir, auf Flohmärkten nach *Das Ich und die Abwehrmechanismen*, ein Buch von 1936, zu suchen. Es kam mir völlig merkwürdig und unwissenschaftlich vor, die Antwort auf eine wissenschaftliche Frage 1998 in einem über sechzig Jahre alten Buch zu suchen. Hatte sich das Fachgebiet nicht weiterentwickelt? Gab es keine aktuellen Erkenntnisse, mit denen die

Grundstruktur dieser Theorie sich immer wieder erneuerte?

Als Psychotherapeutin bin ich immer wieder erstaunt, wie gut diese Methoden funktionieren, aber wenn ich nur das Studium gehabt hätte, glaube ich nicht, dass ich Therapeutin geworden wäre. Diese akademischen Inhalte erschienen mir doch sehr vergangenheitsorientiert, ich hätte mir kaum vorstellen können, wie sie in einer heutigen Zeit von Bedeutung sein können. Auf dem Hof hatte ich dagegen eine Insel der Zukunft in einem grauen Meer aus Gegenwart kennengelernt, in einem Moment, als ich befürchtete, dass mein Leben daraus bestehen werde, langsam in diesem Meer zu ertrinken. Ich konnte mich nicht gegen den Wunsch wehren, Teil dieser Zukunft sein zu wollen, und auch wenn ich methodisch natürlich sehr viel dazulernen konnte, ist der Soldiner Hof meine ausschlaggebende Inspiration geblieben.

Umso betroffener war ich, verantwortlich für den Untergang des Projekts zu sein. Micha, Anika und Cornelia besprachen mit mir im Juni 1989, dass ich ihrer Einschätzung nach nun in der Lage war, selbständig Hypnosen durchzuführen. Der ganze Betrieb auf dem Hof war damals straff durchorganisiert. Wir hatten zehn Zimmer in der ehemaligen Scheune, dem rechts gelegenen Gebäude des Hofs, wo wir die Gäste unterbringen konnten. In den links gelegenen ehemaligen Ställen waren wir Frauen untergebracht in den nach Vögeln benannten Zimmern, *Rotkehlchen*,

Feldlerche, Wyandotte und so weiter. Alle Geräte, die Schubkarren und Werkzeuge waren im ehemaligen Getreidespeicher, dem Quergebäude, hinter dem der Garten begann, um den sich Christine hauptsächlich kümmerte. Wenn man ins Hauptgebäude kam, stand man gleich in der Anmeldung, die von Anika »der ehemalige Mehrzweckraum« genannt wurde. Hier standen die komischen Glasschmelzen von Einar in Regalen und ein Tisch mit Gästebuch und Quittungsblock.

Der ganze Ablauf der Gästebetreuung folgte klaren Regeln und war darauf ausgerichtet, keinen Gesetzesverstoß zu begehen. Es lief so: Die Gäste kamen, weil sie von unserem im Rahmen des Programms »Bürger für Bürger« offiziell angemeldeten Kunsthandwerkshandel gehört hatten. Da unser Hof etwas abgelegener war, hatten sie sich zum Glück gleich Übernachtungsutensilien mitgebracht. Sie erwarben dann eines der Kunstwerke und freundeten sich dadurch mit uns an. Als guten Freunden boten wir ihnen natürlich auch eines unserer Gästezimmer an. Wenn sie nun auch Interesse an Hypnose äußerten, was zufälligerweise natürlich alle taten, dann konnten wir tatsächlich weiterhelfen und ihnen diese interessante Psychotechnik in nicht therapeutischer Absicht zu Demonstrationszwecken zeigen.

So hatten wir uns das zurechtgelegt, um nicht angreifbar zu sein. Der Verkauf der Kunst war tatsächlich legal und somit eine rechtmäßige Einkommensquelle, auch wenn wir offiziell alle von unseren komischen Jobs in der LPG oder bei Einar lebten. Christine war beispielsweise Gärtnerin des Soldiner Friedhofs. Der war nicht klein und immer tadellos gepflegt, das beruhte aber einfach darauf, dass jede Familie im Dorf die Gräber ihrer Angehörigen bestens pflegte und somit fast keine gärtnerischen Aufgaben übrig blieben. Christine ging ungefähr einmal pro Woche zur Kirche herüber und kümmerte sich um die Wege, wofür sie vom Pfarrer ihre Anmeldung bei der Sozialversicherung bekam. In Berlin waren viel mehr arbeitsunwillige Menschen bei Kirchen gemeldet, aber der Soldiner war sehr zurückhaltend. Vielleicht mochte er es nicht, dass die Menschen zu uns strömten und seine Kirche leer blieb, vielleicht war ihm unsere Hypnose auch aus geistlichen Gründen suspekt, jedenfalls war er kein enthusiastischer Unterstützer, konnte aber Christines gärtnerischem Charme nicht widerstehen, vor allem weil sie ihm half, die Kriechquecke im Kirchgarten zu bekämpfen, die früher regelmäßig seine Kräuter überwuchert hatte.

Es hat etwas Absurdes, wenn ein Mensch zu einem ehemaligen Geheimdienst geht, um mit dessen Hilfe sein eigenes Leben besser zu verstehen. Doch genau das habe ich gemacht. Vielleicht hätte ich es lassen sollen, vielleicht hätte ich nicht den Antrag auf Akteneinsicht bei der Stasi-Behörde stellen sollen. Vielleicht ist es besser, mit den Unklarheiten, dem Ungefähren der eigenen Biographie zu leben. Schließlich ist die Erinnerung kein digitaler Speicher, sondern zumeist eine wunderbar flexible Sache. Schlimme Dinge können verblassen und in Vergessenheit geraten, schöne Dinge können viel schöner werden, als sie in der Realität waren. Die Erinnerung an die *Three Sisters* in Glencoe ist viel schöner, als es die Fahrt in dem Zug dorthin war, und als ich da stand, wo ungefähr das Bild meiner Erinnerung entstanden ist, war ich durstig und habe nach Schweiß gestunken, aber aus meiner Erinnerung ist das gelöscht, wenn ich an meine schöne Reise in die *Highlands* denke. Natürlich, in einer Depression kann die Flexibilität der Erinnerung eine Bürde sein, alles kann dann düster und hoffnungslos wirken, die Zukunft, die Gegenwart und eben auch die Vergangenheit. Aber gerade als Psychotherapeutin bin ich überzeugt davon, dass unser Gehirn und seine Arbeitsweisen ganz wunderbar sind und wir nicht gegen sie kämpfen sollten.

Und doch ist es ja das, was ich ungefähr gemacht habe, als ich meine Unterlagen angefordert habe, um über unsere Zeit auf dem Siegfriedshof nachzulesen, um zu verstehen, was damals schiefgegangen war, was ich falsch gemacht habe. Und obwohl die Erinnerung der Akten nicht immer mit meinen Erinnerungen übereinstimmt, obwohl einige Details weniger schmeichelhaft festgehalten worden waren, als sie mein Gedächtnis für mich geformt hatte, würde ich doch sagen, dass es ein Glück war, diese Akten herangezogen zu haben. Denn durch sie habe ich herausgefunden, dass ich weder verantwortlich für das Ende des Siegfriedshofs noch für den Tod eines Menschen war.

Im Juni habe ich meine erste Patientin bekommen, wir durften sie natürlich nicht so nennen, es waren alles Gäste. Und Anneliese war die Erste, die ich hypnotisieren durfte. Sie war mit dem ersten Zug morgens gekommen und hatte sich eine Skulptur für fünf Tage gekauft. Ich hatte bei ihr kein besonders gutes Gefühl, aber ich dachte, das lag vielleicht daran, dass sie mein erster Gast und ich aufgeregt war.

»Du interessierst dich also für Hypnose?« So sollten wir das immer fragen.

»Ja«, sagte Anneliese. Sie war vielleicht Ende vierzig und sah so aus, als hätte jemand vergessen, das Bild scharf zu stellen. Ihre mittellangen Haare waren leicht fransig, ihr Gesicht war etwas zu hell, sie schien immer von unten zu schauen und hatte komisch hängende Schultern. Es schien ihr an Spannkraft, an innerer Stärke zu fehlen.

»Was interessiert dich denn so daran?«

»Ich habe gehört, man kann damit in den Westen fahren«, sagte sie. Wir sollten ganz vorsichtig mit dieser Art von Fragen umgehen und keinesfalls zustimmen. Die allermeisten unserer Gäste reisten mit der Hypnose in westliche Länder, bis auf die wenigen, die in den Weltraum oder irgendeine ruhmreiche Episode der Vergangenheit reisten. Aber wir sollten nicht zustimmen, sondern ins Unbestimmte abwiegeln.

»Man kann mit der Hypnose seinen Wünschen näher kommen«, sagte ich.

»Das heißt, du kannst mich in den Westen bringen?«

»Ich kann dich natürlich nirgendwo hinbringen«, wehrte ich ab. »Wir bleiben beide hier. Die Hypnose kann dir helfen, dich deinen Wünschen näher zu fühlen. Was wünscht du dir denn?«

»Ach ... ich ... keine Ahnung.«

»Ich hatte den Eindruck, dass du ziemlich genau weißt, was du willst.«

»Wieso?«

»Du hast mich zweimal nach dem Westen gefragt. Wie bist du darauf gekommen?« Es war gut, die Wünsche der Gäste besser zu verstehen, um sich ihnen in der Hypnose besser nähern zu können.

»Ich? Ich habe doch nichts vom Westen gesagt, du hast das Thema doch aufgebracht.«

»Nein. Du hast wiederholt gefragt, ob ich dich in den Westen bringen könnte, und darum habe ich gedacht, dass sei dein Wunsch.«

»Nein, wie kommst du denn darauf?«

Mit ein bisschen Erfahrung hätte ich die Sitzung an dieser Stelle abgebrochen. Das Gespräch verlief verwirrend, nicht nachvollziehbar und hatte sehr schnell einen komischen Unterton bekommen. Aber so atmete ich nur tief durch, setzte bewusst eine Pause und sagte: »Lass uns noch mal von vorn anfangen: Du interessierst dich also für Hypnose.«

»Ja«, sagte sie.

»Dann lass uns das doch mal versuchen.«

Ich habe dann eine ziemlich einfache Ateminduktion bei ihr versucht, weil ich das selbst gern mag und außerdem sehr zuverlässig finde. Aber mein komisches Gefühl wollte sich nicht verabschieden, ich schrieb es weiterhin dem Umstand zu, dass dies ja meine erste echte eigene Hypnose war. Im Unterricht hatte ich schon unzählige Male Michael, Anika, Cornelia und die eine oder andere der Frauen vom Hof hypnotisiert, aber das war was anderes, das war Ausbildung und die Probandinnen waren hypnoseerfahren und hatten mir gute Rückmeldungen gegeben. Aber das hier mit Anneliese war ein mühsames Ringen um die Kontrolle, nicht das schöne Gleiten in die Welt der Träume, als das ich die Methode sonst kennengelernt hatte.

Als ich die Hypnose beendet hatte, schaute sie mich mit großen Augen an. »Ich war in Bonn«, sagte sie noch ganz benommen, völlig verdutzt.

»Aha«, sagte ich. Wir hatten gelernt, auch noch nach Hypnosen möglichst wenig zu sagen und den Gästen viel Platz zu lassen. Bonn also.

»Ja«, sagte sie versonnen, »Bundeskanzleramt, Auswärtiges Amt, Bundestag.«

Das war sicher nichts, was mich jemals interessiert hätte, aber dafür interessierte sich Anneliese bestimmt auch nicht für *Echo and the Bunnymen.*

»Ich bin da einfach entlangspaziert, rein und raus und zwischendrin.« Langsam schien sie wieder zu sich zu kommen. »War das deine Idee?«

»Was?«, fragte ich verwundert.

»Mit Bonn.«

»Nein«, sagte ich, »ich habe noch nie so viel über diese Stadt geredet wie in den letzten zwei Minuten. Wo liegt Bonn eigentlich? Bayern?«

»Nein«, sagte Anneliese bestimmt. »In der Nähe von Köln. Westdeutschland.«

»Westdeutschland wusste ich natürlich«, sagte ich, um nicht völlig dumm dazustehen.

»Nein, ich meine im Westen von Westdeutschland.«

»Ach so.« Ich hatte vorher noch nie darüber nachgedacht, dass auch Westdeutschland einen Westen und demzufolge sogar einen eigenen Osten hatte.

»Und wie geht es jetzt weiter?«, fragte Anneliese.

»Wir sehen uns morgen wieder«, sagte ich. »Du hast jetzt den ganzen Tag und die ganze Nacht, deine Eindrücke für dich einzuordnen.«

Sie stand auf und ging heraus. Zum Glück war für Anfängerinnen nur eine Sitzung pro Tag eingeplant, denn ich war fix und fertig.

»Ist das immer so anstrengend?«, fragte ich Marlen. Wir saßen auf dem Hof und rauchten.

»Am Anfang ist es besonders anstrengend«, sagte sie. »Und dann ist es nur noch anstrengend, wenn die Gäste anstrengend sind.«

»Ach so.«

»Ich nehme zum Beispiel keine Männer mehr«, sagte sie. »Die denken mir zu viel an Sex.«

»Ja«, sagte ich. »In einer Hypnose ist das bestimmt sehr störend.«

»Das ist immer sehr störend«, sagte Marlen.

»Außer beim Sex«, sagte ich lachend.

»Nein«, sagte sie nachdrücklich, »dann ist es besonders störend. Es ist doch völlig unnötig, übertrieben und in der Sache störend, beim Sex an Sex zu denken. Es ist viel besser, dabei an andere schöne Dinge zu denken, wie Musik oder Farben.«

Ich schaute sie forschend an, sie meinte das offensichtlich völlig ernst. »Ach«, sagte ich.

»Ja«, sagte sie und drückte ihre Zigarette aus. »Aber versuche das mal einem zu erklären.«

Der Rest des Tages verlief beruhigend vorhersehbar, ohne Störungen oder Überraschungen, sodass ich mich am nächsten Morgen wieder vollständig in der Lage fühlte, ja sogar sehr motiviert war, die Hypnose mit Anneliese fortzusetzen.

»Gestern warst du in Bonn«, sagte ich. Die Idee war, dass die Gäste möglichst Anknüpfungspunkte an ihre eigenen Ideen fanden.

»Muss ich da heute wieder hin?«, fragte sie.

»Keineswegs«, sagte ich. »Lass dich einfach von deinen Wünschen entführen.«

»Wieso *entführen?*«, fragte sie.

»Es geht schon darum, die Kontrolle aufzugeben und das passieren zu lassen, wozu einen die eigenen Wünsche und Vorstellungen bringen wollen.«

»Du sagst, ich wäre gern in Bonn?«

»Ich sage gar nichts. Das ist nur das, was gestern passiert ist.«

»Ich will überhaupt nicht nach Bonn«, sagte sie.

»Dann lass dich heute woandershin entführen«, sagte ich. Es war natürlich bemerkenswert, dass sie so genaue Vorstellungen von einer Reise nach Bonn hatte, obwohl sie da überhaupt nicht hinwollte, aber die Gegebenheiten zwischen uns und unseren Gästen waren nicht so, dass ich sie damit konfrontiert hätte. Wir boten ja eigentlich eine Art kultureller Dienstleistung an und keine Therapie. Also ließ ich das unkommentiert.

Die Hypnose verlief etwas leichter als unsere erste Sitzung. Danach lag sie stumm auf ihrer Liege, schaute aus dem Fenster und kniff die Lippen zusammen.

»Hast du irgendetwas gesehen oder erlebt, das du mit mir teilen möchtest?« Es war gut, so etwas zu wissen, dann konnte man am nächsten Tag darauf aufbauen und so das Erlebnis intensivieren. Wenn man an einem Tag eine Wiese im Wald sah, konnten dort am nächsten Tag Blumen blühen und Bienen summen und ein kleiner Bach in der Nähe plätschern und so weiter.

Sie schüttelte entschlossen den Kopf.

»Das ist völlig in Ordnung«, sagte ich, auch wenn ich lieber gewusst hätte, was sie in der Hypnose erlebt hatte. Nach Bonn hatte sie ja nicht wieder gewollt, aber wo war sie dann gewesen? »Vielleicht sortierst du das Erlebte erst mal für dich und wir können morgen darüber sprechen.« Es ist interessant, dass du bei der Hypnose von Anfang an Souveränität vermitteln willst, darum sprach ich, als hätte ich das alles schon Hunderte Male erlebt. Die Sätze hatte ich von meinen Ausbilderinnen gelernt.

Anneliese stand mit einem leichten Ächzen auf und verließ das Behandlungszimmer. Ich blieb noch eine Minute länger sitzen, öffnete das Fenster und ging dann auch nach draußen. Ich sah Marlen vor der Scheune sitzen, aber ich wollte sie nicht schon wieder auf meine Probleme ansprechen, weil ich mir dann wie eine Dilettantin vorgekommen wäre, die einzige Frau auf dem Hof, der es einfach nicht gelingen wollte, entspannt und elegant Hypnosen durchzuführen.

Am Nachmittag sprach mich Cornelia an: »Hast du Anneliese gesehen?«

»Heute Morgen«, sagte ich.

»Ja, aber seitdem?«

»Nein. Was ist denn mit ihr?«, fragte ich.

»Sie ist seitdem weg«, sagte Cornelia. »Sie war

nicht zum Mittag und die anderen Frauen, die draußen spazieren waren, haben sie auch nicht gesehen. Hat sie irgendwas gesagt, dass sie heute etwas zu tun hat oder früher abreisen muss?«

»Nein, kein Wort.« Ich überlegte. »Sie hat überhaupt sehr wenig gesagt.«

»Ist etwas in der Hypnose vorgefallen?«, fragte sie.

»Nicht dass ich wüsste. Sie wollte aber auch nicht viel darüber reden.«

»Hm. Das ist ungewöhnlich«, sagte Cornelia. »Wir haben es manchmal gehabt, dass jemand früher abgehauen ist wegen irgendeines Liebes- oder Alkoholdramas. Aber dass jemand einfach so geht, mitten am zweiten Tag, die für fünf bezahlt hat …?«

»Ich verstehe es auch nicht«, sagte ich. »Ich meine, es ist meine erste Hypnose …«

»Lass mal«, winkte sie ab. »Das hat bestimmt nichts mit dir zu tun. Es ist nur … Es ist ungewöhnlich.«

Der Tag verlief sonst so schön und entspannt wie die anderen Tage. Wir aßen gemeinsam mit unseren Gästen Abendbrot, tranken ein bisschen am Feuerplatz, erschlugen ein paar Mücken, die uns von der Oder her besuchten, und freuten uns, dass wir gesund und fröhlich am Leben waren.

Wie es in der Welt zuging oder nicht, davon wussten wir nicht viel da oben. Einen Fernseher hatten wir sowieso nicht, weil es im Odertal nur Ostfernsehen gab, für das sich die Anschaffung eines Apparates nicht lohnte, ab und zu hörte mal eine Radio in der Küche, aber es war eben immer das Übliche, was jede von uns aus ihrer Zeit vor dem Hof kannte: Die Welt war schlecht und wurde schlechter, die Menschen konnten einander nicht leiden und gaben ihr Möglichstes, den Planeten und insbesondere die darauf befindliche Menschheit zugrunde zu richten. So wie ich empfanden es wohl die meisten als befreiend, nicht mehr ständig am Ende dieser Nachrichtenkette festzuhängen. Ob ich die Nachrichten mit großen Ohren und pochendem Herzen hörte oder nicht, ob ich wütende Reden im Pausenraum schwang oder empört bestimmte Geschehnisse ablehnte, machte keinerlei Unterschied, hingegen wirkte es sich wohltuend aus, dies alles nicht zu tun. Die Welt, die morgen auf uns einstürzen würde, schien an diesem Tag noch in beruhigend weiter Ferne.

Tatsächlich stand am nächsten Morgen die Stasi auf dem Hof. Kurz vor sieben waren drei Zivilfahrzeuge der Marke *Lada* vorgefahren und hatten das Hoftor blockiert, wohl damit wir nicht mit unserem alten Wartburg fliehen konnten. Das alte Ding fuhr an guten Tagen achtzig Stundenkilometer und es passten mit sehr viel Mühe fünf schlanke Personen hinein. Die Stasi musste sich also keine Sorgen machen, dass die knapp zwanzig Leute, die sich auf dem Hof befanden, damit einen erfolgreichen Fluchtversuch hinbekommen würden.

Lada war ein altrussisches Wort für *Schönheit*. Zwölf Männer waren damit gekommen, die nun zielgerichtet und offensichtlich gut informiert den Hof einnahmen. Sie weckten alle, nahmen die Personalien der Gäste auf, die sie sofort packen und zum Bahnhof gehen ließen. Keiner stellte sie oder ihr Vorgehen infrage, jeder hier hatte ein schlechtes Gewissen. Egal, was wir uns zurechtgelegt oder eingeredet hatten, letztendlich waren wir ein kommerzielles Unternehmen für nicht genehmigte Westreisen. Keiner unserer Gäste hatte nach Warschau oder Ostrava reisen wollen, nicht einmal nach Havanna waren die Reisen gegangen. Immer waren es: London, New York, Paris. Mitten hinein in den tiefsten, den verdorbensten, den bourgeoisesten Kapitalismus, so weit weg wie möglich von allen realsozialistischen Gegebenheiten, von allen Propagandabeeinflussungen, von allen Scheinerfolgen und verzweifelten Muteinflößungen. Hinein in die viel geschmähte Welt des dekadentesten Kapitalismus mit großen Scheinen, schnellen Autos und ausschweifenden Vergnügungen.

Der deutschsozialistische Staat, er war für mich immer eine empathielose, ständig lustvoll strafende Übermutter. Immer war sie verletzt, wütend und enttäuscht über uns Kinder, aber nie war sie zur vernichtenden Bestrafung bereit wie ein archetypischer Übervater. Es erschien nicht nur uns als Anbietern, sondern auch unseren Gästen geradezu verständlich, ja verdient, dass unsere strenge und ewig missgelaunte Mutter nun mit dem Rohrstock zu uns geeilt war, uns für unser falsches Verhalten zu strafen. Die Gäste waren froh, nach Abgabe ihrer Personalien den Hof verlassen zu dürfen. Natürlich würde der Akteneintrag über ihren Besuch fortan als Damoklesschwert über ihnen schweben, sicher würden sie noch einmal dazu vernommen und vielleicht mit einer Strafe bedroht oder zu einer Mitarbeit gedrängt werden, aber wenigstens durften sie gehen. Wir hingegen mussten bleiben und waren weiterhin dieser Kommandoaktion ausgesetzt, die – wie gesagt – ganz offenbar auf guten Vorkenntnissen seitens der Stasi beruhte. Sie wussten, wo wir wohnten, wo die Behandlungszimmer lagen und wo der Empfangsbereich war.

Sie versammelten uns im großen Essensraum. Da saßen wir nun, Michael und wir zwölf Frauen vom Hof. Der Anführer von denen hob eine Sporttasche in die Höhe.

»Wissen Sie, was das ist?« Er öffnete den Reißverschluss der Tasche und schüttete eine Riesenmenge Geld auf den Esstisch. »Das sind fünfundzwanzigtausend Mark.« Wir schauten beeindruckt.

»Das sind«, sagte Anika, die von uns allen am gefasstesten wirkte, »ganz ordnungsgemäße Einnahmen aus unserem genehmigten kunsthandwerklichen Handel *Bürger für Bürger*. Ich kann Ihnen gern die Belege dafür vorweisen.«

»Für fünfundzwanzigtausend Mark?«, sagte der Offizier bösartig.

»Ja«, sagte Anika. »Wir haben diese Einnahmen erzielt aus dem Verkauf der Kunstwerke des Künstlers Einar Feldte aus Zempehn.«

»Sie meinen diese hässlichen Glasklumpen? Wollen Sie mich eigentlich verarschen?«

»Nein«, sagte Anika. »Wie gesagt, wir können das alles mit Quittungen belegen.«

»Denkt ihr, wir wissen nicht, was hier gespielt wird? Seid ihr wirklich so dämlich zu glauben, dass wir so dämlich sind, nicht zu wissen, was ihr hier macht?«

»Keine Ahnung«, sagte Anika. »Was machen wir denn?«

Wütend schaute er mich an. »Sie sind Frau Rüther?«

»Ja.«

»Kennen Sie eine gewisse Anneliese Gehrke?«

»Ja«, sagte ich unsicher. Offensichtlich war die Frage rethorisch.

»Wissen Sie, wo sich Frau Gehrke derzeit befindet?«

»Nein«, sagte ich.

»Aber Sie haben sie doch gestern noch gesprochen?«

»Ja.« Diese Männer wussten offensichtlich alles. Die Stasi musste uns schon ziemlich lang im Visier haben.

»Und dann?«

»Dann ist sie abgereist.«

»War das eine geplante Abreise?«

»Nein.«

»Ach: ›Nein‹. Haben Sie sich bemüht, ihren Aufenthaltsort herauszufinden, sich über ihr Verbleiben zu informieren?«

»Nein.«

»Nein. Das ist ja klar. Dann werde ich Ihnen gern sagen, wo sich Frau Gehrke jetzt befindet: im Leichenschauhaus!« Alles geschah gleichzeitig zu schnell, zu langsam, in mir an diesem Ort, im ganzen Raum bei allen anderen: Entsetzen – das durfte nicht wahr sein! »Nach einer Ihrer Gehirnwäschen ist Frau Anneliese Gehrke gestern zum Berliner Hauptbahnhof gefahren, wo sie sich das Leben durch den Sturz vor einen einfahrenden S-Bahn-Zug nahm«, fuhr der Offizier unbarmherzig fort. »Und Sie können sich natürlich denken, dass wir nun allen Anlass haben, Ihr gemütliches Beisammensein hier mal ganz genau unter die Lupe zu nehmen.«

Wir wurden in unsere Zimmer gebracht und aufgefordert, eine kleine Tasche zu packen und auf weitere Anweisungen zu warten. Es durfte immer nur einer auf die Toilette gehen, darauf achtete ein Wachhabender auf dem Flur. Offensichtlich sollten wir uns nicht untereinander absprechen, was schrecklich war, weil ich das große Bedürfnis hatte, mit einer der anderen

Frauen zu sprechen, vor allem natürlich mit Anika oder Cornelia. Ich wollte ihnen sagen, dass die Hypnose zwar nicht besonders gut verlaufen war, aber es für mich auch keinerlei Anzeichen dafür gab, dass sie in eine solche Katastrophe geführt hatte. Ich wollte fragen, ob die anderen glaubten, dass ich etwas falsch gemacht hätte, mich von ihnen trösten lassen. Aber ich saß nur eingesperrt in meinem schönen Zimmer, schaute auf die Oder hinunter und fragte mich, wie mein Leben nun wohl weitergehen oder besser gesagt enden würde. Sicher würden sie mir den Prozess machen, wahrscheinlich würde ich länger ins Gefängnis kommen, vermutlich würde ich dann als mittelalte Frau in irgendein Krankenhaus ganz weit weg versetzt werden, wo ich Nachtwachen zu schieben hatte.

Nach der kurzen Zeit eines schönen Lebens war ich dabei, tief zu fallen, ins Bodenlose. Am Abend kamen insgesamt vier Gefangenenfahrzeuge und holten uns ab. Das Dorf wirkte wie ausgestorben, aber natürlich wussten wir, dass hinter jeder Gardine jemand stand, der das ganze Schauspiel seit dem Morgengrauen mit gierigen Augen verfolgte. Wahrscheinlich aßen und tranken die Dörfler an diesem Tag, ohne ihre Beobachtungsposten zu verlassen, um nur ja nichts zu verpassen. Und obwohl noch keiner von ihnen jemals so etwas erlebt haben konnte, würden sie ab morgen einander bestätigen, es schon immer gewusst zu haben. Monatelang würden sie darüber reden, wenn nicht

Jahre. Aus Dutzenden von Perspektiven würden sie jedes Detail dieser Stunden zusammensetzen, und alles würde über die Wochen und Monate immer spannungsvoller und aufregender erscheinen, als es war.

Natürlich kam keiner aus seinem Haus, um zu fragen, was hier geschah. Auch für uns war das selbstverständlich, es hätte mich enorm überrascht, wenn es sich anders verhalten hätte. Menschen schauen solchen Ungerechtigkeiten lieber zu, als einzugreifen. Mit unseren Taschen wurden wir einzeln in die Wagen geführt, in drei Wagen wurden wir Frauen verbracht. Für uns standen drei Lkws der Marke *W50* bereit, Michael als einziger Mann kam in einen umgebauten *Barkas*. Die Dieselmotoren sprangen laut an und die Fahrzeuge schepperten lange, bevor sie sich in Bewegung setzten, ich warf einen letzten Blick auf den Siegfriedshof und wir fuhren los.

Ich saß in einem Wagen mit Anika, Cornelia, Christine und einem grimmig schauenden Offizier, der unser Schweigen zu bewachen hatte. Dadurch, dass sie in den voll besetzten Ladas angekommen waren, konnten jetzt Einzelne für verschiedene Aufgaben abgestellt werden, alles war sehr gut organisiert und vorbereitet. Sicher blieben auch einige von ihnen auf dem Hof, um die Durchsuchung zu Ende zu führen. Die Vorstellung, dass diese Rohlinge unser Brot aßen und unseren Kaffee tranken, machte mich zum ersten Mal an diesem sehr langen Tag wütend und hilflos. Ich schaute zu Anika herüber, die mit ihrem Blick Löcher in die Ladefläche zu brennen versuchte.

Als der Offizier kurz abgelenkt schien, flüsterte ich zu ihr: »Das ist doch alles nicht wegen gestern.« Diesen Satz hatte ich mir zurechtgelegt, er sollte kurz sein und alle wesentlichen Punkte enthalten, ohne verräterisch zu sein oder Informationen zu liefern.

»Sicher nicht«, zischte Anika, »darauf haben die seit Jahren gewartet.«

»Ruhe«, bellte der Offizier und wir verstummten, aber ich war erleichtert. Denn Anika sah die Sache ganz genau wie ich. Niemals hatten sie allein durch den Suizid der armen Anneliese plötzlich Wind von unserem Hof bekommen. Die mussten uns schon seit Jahren beobachtet und Informationen über uns gesammelt haben. Sie mussten sich nicht umschauen und orientieren, sondern hatten sich ganz zielgerichtet auf dem Hof bewegt, schon vorher gewusst, wer die Gäste waren und wer von uns dort lebte. Die hatten doch nur auf den besten Tag gewartet, an dem sie diese Kommandoaktion durchführen konnten, für die schon die Transportkapazitäten und Gesamtlogistik geplant und genehmigt worden war. Die kannten auch alle Details unserer konstruierten Legenden zur Vermeidung des Asozialitätsvorwurfs – was unsere offiziellen Tätigkeiten waren und was wir tatsächlich arbeiteten. Wir waren wie Kinder gewesen, die das duldsame Einverständnis mit der perfekten Täuschung ihrer Eltern verwechselt hatten. Unsere schöne Fassade war immer das gewesen – nur eine Kulisse, hinter die jeder schnell blicken konnte, der näher herantrat. Damit eine Kulisse funktioniert, müssen auch die Zuschauer sie akzeptieren und nicht infrage stellen. Damit das Stück funktioniert, müssen sich alle auf die Inszenierung einlassen. Denn rational betrachtet *weiß* jeder Zuschauer, dass er in der Finnischen Nationaloper und nicht in Spanien sitzt, selbst wenn er dort in Töölö den *Barbier von Sevilla* schaut.

Ich fragte mich gerade, für wen wir unsere liebevolle Kulisse eigentlich errichtet hatten. Ein wenig natürlich für unseren Dorfpolizisten und die Dorfgemeinschaft im Allgemeinen, aber vor allem war es wohl für uns selbst gewesen. Wir wollten uns in einer Illusion von Sicherheit bewegen, wir bildeten uns ein, unsere schöne bunte Welt wunderbar geschützt zu haben. Rückblickend wundere ich mich heute, wie lange das Ganze gut gegangen war, über welch lange Zeit wir Menschen auf Reisen geschickt und selbst in diesem Wunderland gelebt haben, auch wenn es für mich nur ein paar Monate gewesen waren. Dieser Erfolg hatte uns vielleicht zu mutig und an manchen Stellen zu sorglos gemacht. Als ich auf dem Hof war, wurde alles mit absoluter Selbstverständlichkeit betrieben, sodass niemand auf den Gedanken gekommen wäre, hier würde etwas Unziemliches passieren. Der ganze Hof war wie eine in Hypnose geborene Gegenrealität, eine Welt, die einfach so war, weil alle, die dort waren, behaupteten, dass sie so war. Und das war eben so lange gut gegangen, bis zwölf Männer in drei Autos gekommen waren und uns das Gegenteil bewiesen.

Türen – meine Erinnerungen aus der Gefängniszeit besteht vor allem aus Türen. Ich schlief in meiner Zelle auf einem sehr einfachen Bett, bekam Mahlzeiten und dann wurden Türen aufgeschlossen, ich wurde durch lange Gänge geführt, die wiederum durch Türen unterteilt wurden, und in Büros, deren Türen hinter mir abgeschlossen und nach der dort vorgesehenen Handlung wieder aufgeschlossen wurden. Über mir hingen kilometerweise Leuchtstoffröhren von *Narva*, unter mir verlief Linoleum und vor mir und hinter mir waren Türen. Ich war auf eine Übergangsphase eingestellt, die zwischen meinem zukünftigen und meinem ehemaligen Leben auf dem Hof, das nach meinem Leben als Krankenschwester, das nach meinem Leben als Schülerin und das wiederum nach meinem Leben als Kind gelegen hatte. Wenn mein zukünftiges Leben zu meiner Gegenwart geworden war, würde ich mich darauf einstellen, hoffentlich eine Haltung dazu finden können, es war nicht davon auszugehen, dass es eine besonders schöne Erinnerung werden würde.

Diese unklare Übergangsphase vor meinem eigentlichen Aufprall war sehr anstrengend und ich wünschte mir, dass ich endlich Klarheit bekam. Denn ich würde nicht im Untersuchungsgefängnis bleiben, also musste ich auch keine Haltung dazu finden, wie ich mich als Untersuchungshäftling fühlte. Ich würde heute sagen, ich fühlte mich einer Maschinerie ausgesetzt und war im Grunde sehr bereit zur Zusammenarbeit, denn wenn die Maschinerie endlich zu ihrem Ergebnis käme, würde sie mich in meine nächste Lebensphase entlassen, und das wünschte ich mir im Moment mehr als alles andere. Also ging ich durch all die Türen und nahm an den Verhören und Befragungen und bürokratischen Akten zur Erfassung meiner Person als Gefangene kooperativ teil, weil ich überzeugt war, dass jede Geste des Widerstands – und für mehr als bloße Gesten gab es keinen Spielraum – nur zu einer Verlängerung der Ungewissheit geführt hätte.

Es ist interessant, dass ich nicht einmal daran dachte, nach einem Anwalt zu verlangen. Ich kannte niemand, ein paar Namen hatte ich mal im Westradio gehört, aber wie hätte ich Kontakt zu einem Anwalt aufnehmen sollen? Ich hatte keine Adresse und ich weiß nicht einmal, ob es ein Telefon gab, das wir Gefangenen hätten benutzen dürfen. Ich schrieb meiner Mutter in der zum Scheitern verurteilten Absicht, sie möge sich keine Sorgen machen, aber ich denke, auch sie kam nicht auf den Gedanken, Kontakt zu einem Anwalt aufzunehmen. Das hier war ja kein amerikanischer Film im Westfernsehen, sondern die Realität ostdeutscher Unerbittlichkeit. Hier rief man nicht

»Einspruch!« oder »Ich sage kein weiteres Wort mehr ohne meinen Anwalt!« – hier trottete man durch Türen, unterschrieb Formulare zur Feststellung eines Sachverhalts und trottete anschließend wieder durch diese Türen zurück.

Ich hatte keinerlei Absicht, mich zu verteidigen, da ich meinen Vorgang als bereits abgeschlossen betrachtete. Ich wirkte in einem fertig geschriebenen Drehbuch mit, und wenn ich bei den Dreharbeiten die Unbequemlichkeit einer Störung verursacht hätte, würde man für mich höchstens ein noch traurigeres Ende schreiben. Auf resignierte Art ging ich davon aus, dass alles seine Ordnung hatte, nicht in einem guten Sinne, aber doch in einem bürokratisch korrekten, dass jegliche Korrekturen von mir unerheblich waren und sich höchstens dahin gehend auswirkten, dass ich für die Störung, für das Hinterfragen dieser Dokumente, zusätzlich bestraft werden könnte, nicht jedoch, dass sich durch eine Korrektur der Dokumente eine Verbesserung meiner Situation hätte ergeben können.

Oft genug kam es mir so vor, als wäre meine Anwesenheit in dieser Sache nur eine Formalie, eine lieb gewordene Tradition, die man fortführen wollte, obwohl ich selbst nichts als eine Störung für die Abläufe meines eigenen Verfahrens darstellte. Alles schien bereits geklärt, von der Festnahme über mein Urteil, die anschließende Strafe und mit hoher Wahrscheinlichkeit sogar mein Werdegang danach. Der einzige

Störfaktor, die einzige kleine Abweichung von dem so sorgfältig, fast schon liebevoll geplanten Verfahrensweg für die Bürgerin Peggy Rüther war die betreffende Bürgerin selbst mit ihrem unvorhergesehenen Verhalten und falschen Antworten zu den ihre Person betreffenden Fragen. Ich zeigte mich, wie gesagt, gern kooperativ, um das Verfahren zu beschleunigen.

Nur die Gedanken an die tote Anneliese machten mich traurig und irgendwie fand ich es sogar in Ordnung, dass jemand dafür büßen sollte, dass diese arme Frau sich das Leben genommen hatte. Ich hatte in der Zeit natürlich unzählige Male über unsere Begegnung nachgedacht und war mittlerweile überzeugt, nicht schuld an ihrem Tod zu sein. Die Hypnosen waren nicht gut gelaufen, das würde ich auch heute noch so sehen, aber das bedeutete ja nicht, dass sie einen Todeswunsch in ihr ausgelöst hatten. Dieser war sicher schon lange in ihr vorhanden. Ich machte mir nur den Vorwurf, dieses Problem nicht erkannt oder gleich noch am besten für sie gelöst zu haben. Vielleicht war der Hof und unsere Hypnose für sie die letzte Hoffnung, der letzte verzweifelte Versuch gewesen, den sie noch zwischen sich und ihren Freitod gestellt hatte. Dieser Gedanke bereitete mir Schmerzen und ließ mich auch deutlich weniger mit meinem Schicksal hadern.

Wenn es Anneliese wieder zum Leben erweckt hätte, wäre ich freiwillig in diesen dämlichen Knast gegangen, dachte ich. Aber ihr Schicksal interessierte die Mitarbeiter hier überhaupt nicht. Immer wieder ging es nur um unsere Organisationsform, ob wir Kontakt zu Westlern hatten, was wir mit dem Geld machten und wo wir unsere Elektronik versteckten. Die Verhörer konnten sich offensichtlich nicht vorstellen, dass eine ganze Gruppe von Menschen freiwillig über längere Zeit ohne einen Fernseher lebte. Sie fragten mich auch zu unserer Hypnose-Methode und danach aus, warum wir die Menschen immer ausgerechnet in den Westen schickten, aber zu Anneliese wollten sie eigentlich nichts wissen, was ich grausam und unmenschlich fand.

Eine Frei-Zeit im eigentlichen Sinne war für uns Gefangene nicht vorgesehen, doch auch die Stasi hatte hinzunehmen, dass wir essen und schlafen mussten. Dadurch kam es doch an jedem Tag zu ein paar Stunden, in denen ich nicht durch Türen geführt wurde oder meine Unterschrift unter die Dokumente von Vernehmungen zu setzen hatte, die angeblich mit mir geführt worden waren, obwohl ich deren Inhalt und noch weniger deren Wortwahl in keiner Weise auf mich zurückführen konnte. Dies waren Stunden aus purem Gold, denn ich nutzte sie tagtäglich zu meiner Flucht.

Ich atmete ein und starrte dabei an die Zellendecke, dann schloss ich die Augen und atmete möglichst gleichzeitig lange aus und atmete wieder mit geöffneten Augen ein. Vier-, selten fünfmal schaffte ich das, dann blieben die Augen bleischwer geschlossen und ich hatte gerade meinen Eintritt an der mit Aufklebern der besten Band übersäten Tür des *Marquee* bezahlt und ging in den dunklen Laden hinein, der bumsvoll war mit den besten Freaks, die London zu bieten hatte, und ein Typ drückte mir einen Plastikbecher mit Bier in die Hand, während ich nach vorn an den Bühnenrand drängte, das geht ganz gut, wenn du gut aussiehst, drehen sie sich kurz nach dir um und wenn du ein Bier in der Hand hast, dann lassen sie dich durch, und dann stehe ich plötzlich vorn und auf der Bassdrum steht *The Cure*, und dann kommen sie heraus und spielen *Love Cats* und zum Glück ist mein Bier leer, denn ich muss einfach sofort lospringen und singe laut los und es ist perfekt.

So machte ich das, mindestens einmal am Tag. Oft ging es ins *Marquee*, aber es musste auch nicht so ambitioniert sein, manchmal traf ich mich einfach nur mit Liso im *Thule* und wir tranken Bier und rauchten und unterhielten uns. Der Punkt war, dass ich verschwand, dass ich mich in meine schönen hypnotischen Welten verabschiedete und dass die grauen Freunde der normierten Langeweile, die Sozialismus hieß, mir nicht dorthin folgen und mich also dort auch nicht festnehmen oder sonst wie zur Verantwortung ziehen konnten. Die Fähigkeit, nach innen zu verschwinden und zu entkommen, war meine wesentliche Stütze in diesen Wochen. Ich wusste nicht, wie es weitergehen würde, aber ich wusste, dass ich dieses Talent überallhin mitnehmen könnte, weil es mir nicht mehr wegzunehmen war.

Ich bin später immer wieder nach der Chronologie gefragt worden, ob ich noch weiß, wo ich an diesem oder an jenem Tag war, aber ich bekomme es einfach nicht mehr zusammen. Ich weiß noch, dass die Kommandoaktion am 4. Juli erfolgte, weil wir am Abend zuvor auf den Geburtstag von Kafka angestoßen hatten. Die Politik interessierte uns nicht auf dem Hof, ich weiß nicht, was die Motivation der anderen war, aber ich hatte keine Hoffnung auf Veränderung und hasste es deswegen, von aktuellen Nachrichten auf eine Achterbahnfahrt der Gefühle geworfen zu werden, an deren Ende ich mich exakt am Ausgangspunkt der Fahrt wiederfand. Ich genoss es, nicht mehr diese Rundfahrten sinnloser Aufregung mitzumachen und stattdessen am Süßigkeitenstand eine Zuckerwatte zu essen und anderen bei ihren wilden Fahrten zuzusehen. Auch in fünfzig und hundert Jahren würde niemand aus Ostdeutschland unterhalb des Rentenalters nach London oder auch nur ins bayerische Hintertupfing fahren dürfen, alle würden es sich hübsch einrichten hinter ihren Stores, sonntags Braten essen und heimlich Westradio hören. Wir stießen auf die Geburtstage von Kafka und der Achmatowa an und kümmerten uns um die Tomaten im Garten.

Ich will sagen, wir bemühten uns um Zeitlosigkeit, und ich hatte allen Grund, diese Fähigkeit gerade auch während meiner Inhaftierung fortzuführen, was aus heutiger Sicht manchmal schade ist, aber die Perspektive der Gegenwart ist ja häufig wenig geeignet für eine vorurteilsfreie Betrachtung der Vergangenheit. Jedenfalls weiß ich nicht mehr, an welchem Tag was geschah. Wir bekamen das Essen durch eine Klappe gereicht und es gab keine sozialen Interaktionen in irgendwelchen Hofgängen oder Essensräumen, es gab nur die endlosen Gänge durch endlose Gänge, zahllose Türen und sinnfrei kreisende Befragungen. Durch die milchglasbesetzten Zellenfenster konnte ich ahnen, dass der Herbst kam und dann dem Winter Platz machte. Die Stimmung in der Anstalt schien zu kippen, die Schließer wirkten nervöser, angespannter, aber vielleicht, dachte ich, lag das auch nur an mir, an meiner veränderten Wahrnehmung. Die Lautstärke im Gefängnis schien anzusteigen, was aber eben auch an meiner höheren Sensibilität liegen konnte.

Jedenfalls war ich durch absolut nichts auf mein letztes Verhör vorbereitet. Ich ahnte nur, dass es Winter war, weil die Tage durch meine Milchglasscheiben sehr kurz schienen, ich noch im Dunklen geweckt wurde und das Licht erst einige Stunden nach Sonnenuntergang abgestellt wurde. Im Grunde schien nichts ungewöhnlich, als ich an diesem bestimmten Tag wieder in eines der Büros geführt wurde, die im Laufe der Monate zu einem einzigen Verhörraum verschmolzen waren. Der Wachmann lief vor mir oder besser ich lief ihm hinterher.

Als wir angekommen waren, wartete ich, dass der Schließer den Raum aufschloss, und dann wartete er, dass ich den Raum betrat, damit er die Tür wieder verschließen konnte. Wie jedes Mal flackerte kurz der Gedanke auf: Was, wenn ich es *nicht* täte, wenn ich nicht in den Raum treten würde? Würde er mich dann hineinzwingen oder Hilfe rufen, um mich mit Gewalt hineinzuschieben? Aber es war nur eine Gedanke, den ich kurz denken musste, und in der Realität war und blieb ich eine Mustergefangene.

Ich betrat den Raum und setzte mich auf den für mich vorgesehenen Holzstuhl. Die Möbel waren immer so ausgerichtet, dass wir als verhörte Personen die Tür im Nacken hatten. Es stand da ein Schreibtisch mit einem Telefon, einem Aschenbecher und einem bequemeren Stuhl. Wenn der Eindruck einer guten Atmosphäre erzeugt werden sollte, bot man mir eine Zigarette an, wenn nicht, dann nicht. Die Verhörer kamen mit irgendwelchen Unterlagen herein, in denen sie entweder blätterten oder die sie mir zur Unterschrift vorlegten, da sie angeblich vorhergehende Befragungen dokumentierten. Den Stift durfte ich nicht behalten, darauf wurde streng geachtet.

Hinter mir wurde die Tür aufgeschlossen, ich stand wie immer auf, weil Sitzenbleiben prinzipiell unhöflich war, hier aber auch als aufsässig angesehen worden wäre. Als die Person von hinten an mir vorbeilief, langsam in mein Blickfeld kam und sich schließlich direkt vor mir an den Schreibtisch setzte, konnte ich meinen Augen nicht trauen.

»Anneliese?«, sagte ich vollkommen verdutzt. »Oder vielleicht ist das gar nicht dein ... äh ... Ihr Name?«

Ihr diabolisches Grinsen fuhr mir bis in die Knochen. »Nein, Anneliese ist schon richtig. Dr. Anneliese Gerke, wenn Sie es ganz genau wissen wollen.«

»Die Kollegen haben mir gesagt, Sie seien gestorben.« Trotz Monaten von Hypnoseerlebnissen war das hier das Unwirklichste, was ich in den letzten Jahren erlebt hatte.

»Das war der Auftrag«, sagte Anneliese. »Seit über einem Jahr hatten wir den Auftrag zur Zersetzung eurer Psycho-Kommune. Ich war nur die letzte operative Mitarbeiterin, die da rein ist.«

»Seit über einem Jahr?« Ich konnte immer noch nicht glauben, dass die gestorbene Anneliese, für deren Tod ich mich mitverantwortlich gefühlt hatte, nun lebend vor mir saß und nicht eine arme, bemitleidenswerte Frau, sondern eine feindliche Stasi-Mitarbeiterin war.

»Natürlich. Wir haben den Hof so ziemlich von Anfang an beobachtet. Hypnose war für uns auch ein interessantes Thema auf vielen Ebenen: Wahrheitsfindung bei gegnerischen Kräften, Nacharbeitung von tschekistischer Arbeit, Erinnerungslöschung, Bedürfnisbefriedigung – die bulgarischen Freunde machten viel Forschung zur Suggestopädie, wie die das nennen – und wir wollten hier auch eine Abteilung aufbauen. Informationen über euren komischen Hof hatten sich ja in der Szene herumgesprochen, die wir sowieso schon infiltriert hatten, und wir hatten dann das Glück, schnell einen IM zu gewinnen, der dem Geschehen vor Ort sehr nah war.«

»Micha?«

»Wie kommen Sie auf Micha?«

»Weil Sie das Personalpronomen *er* verwendet haben und sich ja nur ein Mann dauerhaft auf dem Hof aufgehalten hat.«

»Ach Quatsch«, schnaubte sie verächtlich, »Michael wäre so ziemlich die letzte Person, die wir angesprochen hätten, ein absoluter Quertreiber, völlig ungeeignet für tschekistische Arbeit.«

»Aber wer war es dann?«, wollte ich wissen. »Sie sagten ›er‹.«

Anneliese schaute mich überrascht an. »Ich lasse nach«, sagte sie. »Ich könnte behaupten, es sei ein generisches *Er* gewesen, aber ich lasse nach. Wissen Sie was? Es ist sowieso alles schon scheißegal, ich kann es Ihnen genauso gut auch sagen. Es waren sogar zwei, die uns geholfen haben: dieser versoffene ›Künstler‹ Feldte. Gott – der hätte für zehn Mark seine eigene Mutter verraten! Wissen Sie, was er für einen Decknamen haben wollte? *Peter Paul*, *Peter Paul*, wie Rubens, verstehen Sie? Dieser Typ hielt sich für einen Barockkünstler!«

»Ganz getraut habe ich ihm nie«, sagte ich, »aber

ich dachte, dass es vielleicht eher das natürliche weibliche Misstrauen gegenüber Männern ist. Er war ja auch eine sehr *kuschlige* Person, hat einen immerzu angetatscht, Hand aufs Knie, nasse Alkoholküsse zum Abschied ... so was. Aber dass er für Sie gearbeitet hat, so weit wäre ich nicht gegangen.«

»Na ja, gearbeitet«, sagte sie. »Viel kam da nicht rum. Einer von uns musste zu ihm fahren und mit ihm trinken und dafür hat er uns den ganzen Abend lang erzählt, was wir wissen wollten, und noch dazu das, was er erzählen wollte, und das Letztere nahm leider einen sehr viel größeren Teil dieser Abende ein. Aber na ja.«

»Im Prinzip genau wie bei uns«, sagte ich. »Lustig, dass er die Termine so gut koordiniert bekommen hat, sonst wären wir uns dort schon früher begegnet.«

»Wir hatten eine Legende, insofern wäre das nicht aufgefallen. Aber ja – das hat er gut koordiniert, weil ihn ja keiner besuchte da draußen, nur Sie und wir. Sonst hatte er nicht mehr als den Alkohol. Aber viel eifriger als *Peter Paul* war *Romy*, die Sekretärin in der LPG.«

»Frau Schubarth?«

»Ja. Die hat geredet wie ein Wasserfall. Die wollte nicht mal Geld. Die war richtig froh, das wir sie angesprochen haben. Die hat alles erzählt, was sie wusste, und damit meine ich wirklich: alles. Von ihr bekamen wir dann die entscheidenden Informationen, um die Dose zu öffnen. Sie hat uns die Lagepläne vom Grundstück gegeben.«

»Woher hatte Frau Schubarth Lagepläne vom Hof?«

»Weil die ganzen Baumaßnahmen über ihren Schreibtisch gegangen sind. Die hat wirklich alles gewusst: Wer von Ihnen wo sein Zimmer hat, wo der Empfangsbereich ist, wo das Bargeld aufbewahrt wird. Die Frau scheint sich ganz intensiv mit Ihrem Hof beschäftigt zu haben und den Rest konnten wir dann mit einigen inoffiziellen Kräften selbst herausfinden.«

»Dann kamen Sie.«

»Ich? Ich kam noch lange nicht. Ich war die – keine Ahnung –, bestimmt die zwanzigste Person, die im dienstlichen Auftrag des MfS zu euch auf den Hof gefahren ist.«

»Ach?«

»Natürlich, was dachtet ihr denn? Dass ihr einfach ein Reisebüro für Westreisen aufmacht und uns das nicht interessiert?«

»Wir haben wirklich nur Hypnose angeboten«, beharrte ich. »Die Leute sind ganz von allein in den Westen gefahren. Es wurde immer streng darauf geachtet, dass wir keine Vorgaben machten, insbesondere nicht in Richtung Westen. Das kam von ganz allein.«

»Ihr wart gut«, sagte sie nachdenklich. »Ich meine, ich wollte eigentlich von Anfang an nicht bei dem Zirkus mitmachen, und plötzlich fand ich mich in Bonn wieder.«

»Das war nicht gespielt.«

»Nein! Plötzlich war ich in Bonn, bin zwischen den ganzen Ämtern und Ministerien dort umhergegangen wie ein Geist, konnte Büros betreten, Schubladen öffnen, geheime Papiere lesen. Es war so etwas wie ein tschekistischer Traum.«

Ich hatte keine Ahnung, warum sie mir das alles erzählte, aber offensichtlich war das hier gerade mein Glückstag. »Und was sollte dann diese Selbstmord-Nummer?«

»Irgendwie mussten wir rein«, sagte sie. »Ihr hattet das ja alles ganz gut abgesichert mit den Scheintätigkeiten und den SV-Beiträgen. Westgeld habt ihr keines genommen, Propaganda habt ihr auch nicht betrieben, sogar euer Hausbuch habt ihr ordentlich geführt – so richtig kamen wir nicht an euch ran.«

»Warum auch, wir haben ja nichts Falsches getan.«

»Das war das Schlimmste!«, sagte sie. »Ihr habt nichts Falsches getan, alles immer abgesichert, kein falsches Wort, keine Feindproganda, und doch wart ihr subversiv und das wusstet ihr auch. Solche Läuse wie ihr sind das Unangenehmste, was man sich so in den Pelz fangen kann. Alle wissen, dass es nicht ganz koscher ist, und doch gibt es für uns nichts Handfestes, womit man euch kriegen kann.«

»Also, ich wollte einfach nur auf dem Hof leben«, sagte ich. »Ich habe damit keine *Absichten* verbunden.«

»Genau das ist das Schlimmste!«, redete sie sich in Rage. »Unabsichtliches Feindverhalten. Früher gab sich der Feind wenigstens noch offen zu erkennen. Und heute? Kennen Sie den *BFC?*«

»Was?«

»*Berliner Fußball-Club* Dynamo – ein Fußballverein, der in der Oberliga spielt.«

»Habe ich schon mal gehört, aber ich interessiere mich nicht für Fußball.« Jeder kannte den *BFC*, den Dauerrekordmeister und Lieblingsfußballverein von Erich Mielke, aber ich wollte abwarten, worauf das hier hinauslief.

»Uns liegen Erkenntnisse vor, dass sich unter die Anhänger des *BFC* staatsfeindliche Kräfte gemischt haben.«

»Aha.« Ich schaute sie an und fragte mich, ob sie selbst noch wusste, worauf sie hinauswollte.

»Und bei Fahrkartenkontrollen in der Reichsbahn skandierten diese angeblichen Anhänger den Mitarbeitern der Deutschen Reichsbahn gegenüber lauthals: ›Erich Mielke hat für uns bezahlt!‹«

Sie schaute mich empört an und erwartete offensichlich meine Mit-Empörung. Aber wären wir nicht in diesem Verhörraum gewesen, hätte ich losgeprustet. Ich wusste gar nicht, dass Fußballfans Humor hatten. »Ja«, sagte ich.

»Was sollen wir damit machen? Können Sie mir das sagen? Wegen welchem Vergehen erstatten wir Anzeige? Irgendwelche Künstler stellen sich mit selbst gebastelten Masken und ebenso selbst gebastelten elektronischen Musikinstrumenten vor einen

Gemüseladen in Karl-Marx-Stadt und rezitieren vor einem Riesenpublikum Literatur außerhalb jedes Clubs, ohne Eintritt oder Genehmigung – wie sollen wir so etwas unterbinden?«

»Warum wollen Sie es denn unterbinden?«

»Weil es den Sozialismus aushöhlt.« Ihre Augen, die eben noch wütend funkelten, waren plötzlich wie ausgeschaltet. »Ausgehöhlt hat.«

»Aber es ist doch schön, wenn Menschen nach Freude streben«, sagte ich. »Wir haben auf dem Hof wirklich nie über Politik geredet. Wir hatten keinen Fernseher und nur dieses eine Radio in der Küche, das wir selten angeschaltet haben.«

»Das Streben nach einem individuellen Glück läuft der Bestrebung nach einer kollektiven Zufriedenheit zuwider«, sagte sie resigniert.

»Das heißt, es darf nicht jeder glücklich sein, damit alle glücklich sein können?«

Sie schaute mich verwundert an und dachte nach. »Im Prinzip ja. So ist es.«

Wir schwiegen. Da das Gespräch von ihr geführt wurde, wartete ich auf die nächste Frage, aber sie schien nichts mehr sagen zu wollen und hatte auch keinen Zettel für mich zum Unterschreiben dabei.

Also fragte ich: »Warum erzählen Sie mir das eigentlich alles?«

»Was denken Sie?«

»Wollen Sie mich zur Mitarbeit bewegen?« Ich war mir unsicher.

»Wozu?«, fragte sie. »Der Hof ist doch schon aufgelöst, alle Einnahmen sind durch uns beschlagnahmt.«

»Verstehe«, sagte ich, weil ich es immer noch nicht verstand.

»Ich bin heute zu Ihnen gekommen, um Ihnen mitzuteilen, dass heute Ihre Entlassung …«

»Meine was?«, unterbrach ich sie entgeistert.

»Ihre Entlassung.«

»Meine Entlassung?«

»Ja. Haben Sie ein Problem?«

»Ich weiß nicht«, sagte ich. »Heute früh hatte ich noch den Tod einer Frau auf dem Gewissen und eine langjährige Haftstrafe vor mir, und ein paar Stunden später sagt mir genau diese wieder zum Leben erweckte Frau, dass sie mich aus dem Gefängnis entlassen will. Was haben Sie vor?«

»Nichts«, seufzte Anneliese. »Wir werden Sie einfach gehen lassen müssen.«

»Aber warum?«, fragte ich.

»Wollen Sie lieber bleiben?«

»Keineswegs«, sagte ich. »Es sei denn, der Plan ist, mich auf der Flucht zu erschießen.«

»Ach was«, winkte sie ab. »Dafür sind Sie ein viel zu kleines Licht.«

»Aber warum sonst entlassen Sie mich? Ich habe doch keinerlei Verbindungen oder Beziehungen.«

»Wir werden hier wohl dichtmachen.«

Das war's. Die machten einfach dicht. Der unbesiegbare Drache zog sich zurück und stellte einfach den Kampf ein. Ich konnte meine Sachen packen und gehen. Während meiner Haftzeit war aus dem Ministerium für Staatssicherheit das Amt für Nationale Sicherheit geworden, und wenige Tage nach meiner Entlassung wurde der Laden gestürmt und im Rahmen des Auflösungsprozesses des gesamten Staates offiziell aufgelöst. Nachdem ich fest davon ausgegangen war, die nächsten Jahre hinter Gittern verbringen zu müssen, bekam ich jetzt nicht einmal ein Ordnungsgeld, sondern stand einfach auf der Magdalenenstraße in Lichtenberg und konnte nach Hause fahren.

Aber was war das? Die Welt war aus den Fugen geraten. Tatsächlich hatten sie die Mauer geöffnet. Die Menschen rannten durch die Stadt mit wichtigen Absichten, aber ohne jedes Ziel. Diese Atmosphäre überforderte mich völlig nach den Monaten in der Zelle.

Also fuhr ich wieder nach Soldin. Auch Micha und die anderen waren entlassen worden und wieder auf dem Hof, wir begrüßten einander herzlich, feierten unser Zusammensein und mussten doch feststellen, dass wir am Ende waren. Anika hatte irgendwo noch ein bisschen Geld versteckt, das sogar die Stasi nicht gefunden hatte, damit würden wir ein paar Tage auskommen, aber das Projekt hatte seinen Sinn verloren. Nicht für uns, aber für die Leute. Niemand würde mehr zu uns kommen, weil die Leute jetzt ihre

Träume in der Realität zu erleben meinten. Und wenn man im Osten im Grunde auch ohne Geld durchkommen konnte, weil eine Hand die andere wusch und für jegliche Ware oder Dienstleistung auch ein Tausch verhandelt werden konnte, so war doch klar, dass der Westen und alles, was jetzt kommen würde, nur eine Währung haben würde: die D-Mark.

Wir würden bald mitten im Kapitalismus leben, dessen Gesetze wir bis zum Erbrechen in der Schule gelernt hatten. Selbst wenn wir es damals schon geahnt hätten, dass unsere Hypnose-Reisen in allen Belangen besser waren als die Billigreisen, die sich die Ostler jetzt leisten konnten, waren wir viel zu früh mit unserem Konzept. Bei uns flog man zwar immer erster Klasse oder gleich im eigenen Flugzeug, kam immer an die besten Orte zur besten Zeit, es regnete nie, wenn man es nicht wollte, und am Abend versank die Sonne immer im schönsten Rot am Horizont. Alle Eintritte konnte man sich leisten und jedes Restaurant, jeder Club ließ dich hinein, alles war mindestens so schön, wie man sich das vorstellte, und zurück blieben die schönsten Erinnerungen an ein unvergessliches Erlebnis, das einem niemand würde wegnehmen können. Dass unsere Reisen unvergleichlich umweltfreundlich waren, muss ich nicht erwähnen. Für eine Zugfahrt nach Rosow kam man bis ans andere Ende der Welt. Doch damals gab es dafür nicht mal im Ansatz eine Nachfrage, und schon gar nicht im Osten.

Unser Hauptproblem waren die fehlenden Fotos. Wenn wir es irgendwie hätten ermöglichen können, dass unsere Gäste Fotos von ihren Reisen machen, hätten wir vielleicht sogar eine kleine Chance gesehen. Doch was nutzt ein schönes Erlebnis, wenn man nicht vor den Nachbarn und Verwandten damit angeben kann? Das war das wesentlich Neue – man konnte jetzt Distinktion durch Konsum gewinnen, was bisher – in einer Welt, in der alle das Gleiche konsumieren konnten, keine Rolle gespielt hatte. Distinktion gab es auch im Osten nur aus dem Westen: Hatte man einen Fernseher von *Universum* oder hatte die Oma ein Qualitätsgerät von *Grundig* über die Zonengrenze geschleppt?

Unser robuster Bauernhof am Rande Ostdeutschland, würde auf jeden Fall all das nicht in der Form überleben und es war fast ein Glück, dass die Stasi uns das ganze schöne Geld geklaut hatte, denn so kam zumindest für mich die Entscheidung schneller, die Soldiner Zeit zu beenden, statt sich wochen-, monate- oder jahrelang in dem peinlichen Bemühen abzurackern, irgendeinen Teil des Kadavers klinisch am Leben zu erhalten. Micha würde hierbleiben, für ihn war es ja ganz in Ordnung. Er war jetzt Hausbesitzer – das galt im Osten als Problemkategorie, aber im Westen war das was.

Durch die Arbeit im Krankenhaus konnte ich mir Abitur und Studium finanzieren. Man sagt ja dann so gern, es war nicht leicht, aber ich hatte eine ganze Menge Spaß auch in dieser Zeit. Es machte mich froh, dass ich es aus eigenen Kräften organisieren konnte und mich nicht wie Tausende andere in hirnrissige Maßnahmen stecken lassen musste, deren Hauptinhalt darin bestand, dass ihre Teilnehmer nicht in die Arbeitslosenstatistik gehörten.

Als ich dann Diplom-Psychologin war und die Therapieausbildung begann, schaute ich natürlich ganz gezielt nach einem Institut, das auch Hypnotherapie vermittelte, und seit ich selbständig bin, kann ich die Hypnose auch wieder viel nutzen. Im Krankenhaus war ja dafür selten die Zeit, weil ich immer das Gefühl hatte, dort gleichzeitig an zwei Orten sein zu müssen, wodurch der Fokus auf eine Sache nicht möglich war, was allerdings eine Voraussetzung für die Methode ist.

Doch das ist ja schon meine ganz andere Geschichte.

Melanie

»Morgen.«

»Morgen.«

»Na, ist ja schön, dass das geklappt hat. Dann hoffe ich, dass wir heute Ihren Antrag schaffen.«

»Ja.«

»Punkt eins hier: Was ist Ihre Ausbildung?«

»Was für eine Ausbildung?«

»Sie müssen doch eine Ausbildung haben?«

»Ach?«

»Ja.«

»Was haben Sie denn für eine Ausbildung?«

»Es geht ja hier nicht um mich, aber ich kann Ihnen das auch gern sagen. Eigentlich bin ich Facharbeiterin für Pflanzenproduktion, aber ich habe umgeschult auf Fachangestellte für Arbeitsmarktdienstleistungen.«

»Oha.«

»Und was haben Sie nun für eine Ausbildung?«

»Na dann schreiben Sie hin: Unteroffizier.«

»Unteroffizier?«

»Das ist die einzige Ausbildung, die ich abgeschlossen habe. Ich musste drei Jahre zur Armee, danach war ich Unteroffizier.«

»Das mag ja schön und gut sein, aber Sie werden ja

wohl kaum mit Mitte dreißig nach fünfzehn Jahren zurück zur Armee gehen und versuchen, an Ihre alte Unteroffizierslaufbahn anzuschließen.«

»Auf keinen Fall, ich habe das gehasst. Ich habe die Armee gehasst. An jedem Tag.«

»Also. Wann sind Sie denn raus bei der NVA damals?«

»1980, nach drei Jahren. Musste ich.«

»Gut, dann schreibe ich hier mal *1980* rein. Und dann?«

»Was dann?«

»Was haben Sie nach 1980 gemacht?«

Michael schaute sie verlegen an, und sie missverstand seine Verlegenheit.

»Ach so. Waren Sie ... bei den ... Sicherheitsorganen?«

»Was? Nein! Ich habe Psychologie studiert. In Rostock. Uni Rostock.«

»Dann sind Sie Psychologe?«

»Nein, eigentlich nicht.«

»Warum nicht? Ist man nicht Psychologe, wenn man Psychologie studiert hat? Oder verwechsele ich das mit Psychiater? Ich komme da immer durcheinander. Psychiater?«

»Nein. Man ist nur Psychologe, wenn man das Studium auch beendet. Also abschließt. Denn ich habe mein Studium beendet, aber eben nicht abgeschlossen. Vorzeitig beendet.«

»Und was sind Sie dann?«

»Gar nichts.«

»Sie sind gar nichts?«

»Sozusagen.«

»Aber wovon haben Sie denn gelebt von ... Wann haben Sie das Studium beendet?«

»82.«

»... von 82 bis heute?«

»Das ist schwer zu erklären. Erst habe ich einfach nur bei meiner Oma gewohnt. Die hat gekocht und gebacken und gewaschen, und ich habe ihr höchstens manchmal beim Heizen geholfen. Und dann ist sie gestorben und dann hatte ich ja gar kein Geld mehr, das heißt, ich hatte ja schon vorher kein Geld, aber wir hatten Omas Rente und davon haben wir alles gekauft, aber als sie tot war, hatten wir, also hatte ich auch keine Rente mehr.«

»Natürlich. Mit vierundzwanzig bekommt man keine Rente.«

»Nein. Aber dann kamen so Leute und haben gefragt, ob ich Hypnose mit ihnen machen kann.«

»Hypnose?«

»Ja, Hypnose – so gelenkte Entspannung.«

»Sind Sie also doch Psychologe?«

»Nein, ich kann nur Hypnose. Das hatte mich interessiert, und darum habe ich das im Studium gelernt.«

»Das konnte man studieren? In der DDR?«

»Nicht direkt. Aber es gab einen Professor, der hat das als Studentenkurs angeboten, und Marco, also ein anderer Student, sagte, lass uns da mal hingehen, weil da sind bestimmt viele Mädels, und er hat gehört, man kommt sich da nahe, und na ja.«

»Und dann haben Sie Hypnose gemacht?«

»Ja.«

»Als Therapeut?«

»Natürlich nicht, ich hatte ja keine Zulassung oder irgendwas. Ich habe das nur so gemacht. So wie ich das gemacht habe, hätte das auch kein zugelassener Therapeut gemacht. Bei mir gab es ja tägliche Hypnosen, ein, zwei Wochen lang.«

»Wegen psychischer Erkrankungen?«

»Nein, natürlich nicht. Wenn die Leute krank waren, habe ich sie gleich weggeschickt. Dafür war das ja nicht da.«

»Aber wofür haben die Leute dann Hypnose gemacht?«

»Meistens für Westreisen.«

»Für Westreisen? Man konnte Westreisen bekommen durch Hypnose?«

»Sozusagen. Die Leute haben sich mit der Hypnose nach Paris bringen lassen, nach Bahia, nach Singapur. Sonst ging das ja nicht.«

»Aber Sie konnten das?«

»Die Leute konnten das. Ich musste sozusagen nur die Tür aufmachen, und das konnte ich.«

»Und dann haben die Leute das bezahlt?«

»Nein. Die Leute haben gespendet. Ich durfte mir das ja nicht bezahlen lassen. Die Leute haben Geld dagelassen für den Lebensunterhalt. Zwanzig Mark, fünfzig Mark, so was.«

»Und davon haben Sie gelebt?«

»Ja. Es war mehr als Omas Rente.«

»Und wenn die Leute eine Woche lang jeden Tag zu Ihnen nach ... Soldin gekommen sind, wo haben die dann gewohnt?«

»Bei mir.«

»Bei Ihnen?«

»Ja.«

»Bei Ihnen auf dem Hof?«

»Ja.«

»Sie haben so viel Platz?«

»Na ja, Zimmer.«

»Und warum machen Sie das nicht weiter?«

»Was?«

»Na das mit der Hypnose und so?«

»Das will heute keiner mehr. Du kannst doch hinfahren, wo du willst, da braucht doch keiner mehr mit Hypnose zu verreisen.«

»Na ja, immerhin ist das umweltfreundlich. Weil, da wird man ja kein Benzin verbrauchen oder Strom?«

»Nein, nicht mehr als an irgendeinem anderen Tag zu Hause.«

»Na sehen Sie! Umweltfreundlich ist ja auch modern. So wie Computer zum Beispiel.«

»Ja. Modern ist ja nun auch so gar nicht meins.«

»Verstehe. Aber Sie müssen irgendwas machen. Ich muss ja hier was eintragen.«

»Und was passiert dann?«

»Dann sucht Ihnen der Computer eine geeignete Weiterbildungsmaßnahme heraus.«

»Ach, das kenne ich von meinem Nachbarn. Der sollte sich zu Gastronomie weiterbilden.«

»Ja – Gastronomie.«

»Dabei hat das *Haus der Einheit* gerade dichtgemacht. Keine Kunden mehr.«

»Ja, das ist bei uns nicht anders.«

»Wer geht denn schon für Westgeld saufen?«

»Keiner.«

»Eben.«

»Aber irgendwas muss ich eintragen.«

»Dann schreiben Sie doch *Psychologe*. Das wäre doch schön, wenn es da eine Weiterbildung gibt.«

»Psychologe – da würde ich Ihnen aber wenig Hoffnung machen. Sind Sie denn flexibel?«

»Ich mache ein bisschen Gymnastik manchmal morgens.«

»Was?«

»Weil Sie flexibel gefragt haben.«

»Nein, ich meine etwas anderes – könnten Sie sich vorstellen, für eine Umschulung auch umzuziehen?«

»Nein, ich habe doch den Hof. Wer soll sich um den kümmern, wenn ich weg bin?«

»Den könnten Sie doch auch vermieten. Oder verkaufen.«

»Hier ziehen doch gerade alle weg. Da werde ich

wohl kaum einen Hof vermietet bekommen. Und verkaufen kommt nicht infrage!«

»Dann wird das aber schwer. Weil ich denke, einfach so zum Psychologen umschulen, hier bei uns in der Region? Das wird schwer.«

»Was ist denn, wenn es nichts gibt?«

»Dann bekommen Sie weiter Arbeitslosenhilfe.«

»Das reicht mir.«

»Aber Sie könnten doch vielleicht auch wieder Zimmer vermieten und das mit der Hypnose anbieten. Das ist … In Westdeutschland machen das ganz viele. Vielleicht bekommen wir dafür eine Förderung durch.«

»Nein.«

»Warum nein?«

»Wissen Sie, Siegfrieds Hof, diese ganze Sache, das hatte sich am Ende zu einer ganzen Utopie entwickelt. Es war verboten, und doch fand es Tag für Tag statt. Jahrelang. Das soll jetzt nicht komisch klingen, aber wenn ich auf den Hof komme, dann kann ich praktisch sehen, was da passiert ist, und es geht mir richtig gut.«

»Utopien muss man sich leisten können.«

»Ich will das nicht kaputtmachen, unser Feinschmeckerrestaurant nicht für Westgeld in eine Würstchenbude umschrauben. Das verkaufe ich doch nicht für ein paar Mark.«

»Reich werden Sie so nicht.«

»Wo muss ich unterschreiben?«

Juliane

Liebe Marlen,
wie geht es Dir?
Es ist ungewöhnlich geworden, anderen Menschen Briefe zu schreiben, aber wir kennen uns ja auch von früher, und darum kam es mir irgendwie passend vor. Es ist mir nahezu unmöglich, mir Dich vor einem Computer sitzend vorzustellen. Ich weiß nicht, ob Du Dich überhaupt an mich erinnerst, ich war eines von den jungen Mädchen, die damals auf Siegfrieds Hof in Soldin herumgelaufen sind. Ich habe Dich immer als unsere schweigende Königin betrachtet. In meiner Erinnerung sitzt Du draußen auf der Hintertreppe, rauchst eine *Kenton blau* und schaust zu uns herunter.
Klar, Anika hat alles organisiert und größere Dinge bekannt gegeben, aber auf mich wirktest Du dadurch umso souveräner. Es war, als würdest Du ohne Worte auskommen, als läge der organisatorische Kleinkram des Alltags unter Deiner Würde. Ich habe Dich sehr bewundert, gerade weil ich bis heute mehr wie Anika bin und weiter davon träume, eine solche stille Au-

torität wie Du auszustrahlen. Du hast bestimmt schon gehört, dass sie heute in Paris lebt, das hat wohl niemand von uns gewundert. Ich habe sie auch angeschrieben.

Vielleicht wunderst Du Dich über meinen Brief, vielleicht auch nicht, in den vergangenen Jahren bist Du für mich nur noch zu diesem *Bild einer schönen Frau (rauchend)* geworden, und diese Frau steht immer über den Dingen, aber ich habe dich im Internet gefunden und wollte mich unbedingt bei Dir (und bei ein paar der anderen von uns) melden, denn ich wollte vorschlagen, dass wir Micha helfen. Ich schreibe an Deine Kanzlei, das war die einzige Adresse, die im Netz zu finden war, und leider war da kein aktuelles Bild dabei, was mich gleichzeitig erleichtert und ein bisschen traurig gestimmt hat. Schön bist Du sicher auch heute, es gibt dieses Lied von Susanne Betancor, das es zusammenfasst: »Schönheit kennt keine Jahre, Schönheit kennt kein Zurück // Schönheit – und nur die wahre –, Schönheit bleibt bei dir mit etwas Glück.«

Mir fällt jetzt auf, wie oft ich in den letzten Jahren mit Dir gesprochen habe. Erinnerst Du Dich noch an diese Hypnose-Übung: »Die inneren Helfer«? Man geht in Trance und sucht nach den positiven Kräften im eigenen Leben. Dabei sehe ich links meine Mutter und rechts meine alte Schulgarten-Lehrerin, die eine starke

Person war. Hinter mir sehe ich Michael, von dem ich mich bis heute unterstützt fühle, obwohl ich ja auch jahrelang keinen Kontakt zu ihm hatte. Über mir sehe ich den Himmel, denn ich bin zwar Atheistin, aber doch beeindruckt von der einordnenden Kraft eines Blicks in die Sterne. Wenn ich in einer sternenklaren Nacht an einem der wenigen Orte bin, wo es überhaupt noch dunkel genug ist, und den Blick nach oben richte, fühle ich mich immer etwas weniger als Beobachterin und mehr als die Beobachtete.
Und als innere Helferin vor mir sehe ich Dich. Du bist für mich die nach vorn drängende Kraft, die Repräsentanz für den richtigen Weg, die mutige Entscheidung. Schweigend gehst Du voran und lächelst schmal, wenn ich etwas richtig mache.
Oh je, Marlen – ich hoffe, das ist Dir alles nicht gleich zu viel, zu persönlich. Vielleicht hast Du über Deinen Alltag die Zeit auf dem Hof schon fast vergessen. Wie Du siehst, ist sie für mich noch sehr präsent. Vor Kurzem habe ich auch Peggy ein paar Zeilen geschrieben. Sie rief mich gleich an, und wir haben bestimmt eine Stunde miteinander gesprochen. Wusstest Du, dass sie heute als Psychotherapeutin arbeitet? Auch sie sagte, dass die Zeit auf dem Hof wichtig und prägend war. Ich bin gespannt, wie Du das siehst, und hoffe, dass ich nach all den Jahren

des Monologs mit Dir diesmal eine Antwort bekomme.
Zu meinem Anliegen: Ich versuche gerade, eine Unterstützung für Michael und den Hof zu organisieren. Sentimental hatte ich zu Pfingsten ein paar Tage an der Ostsee verbracht und dabei fiel mir ein, wie nah Soldin doch eigentlich liegt. Von Berlin oder Rostock aus gesehen, hätte ich das vielleicht als einen Umweg betrachtet, aber ich wohne heute in Bad Staffelstein und da war der Abstecher nach Soldin auf dem Heimweg von Wieck aus nicht besonders weit.
Ich fuhr ganz früh los, um genügend Zeit zu haben, und kam deshalb noch vor zehn an. Zunächst schien mir alles wie immer. Ein paar Hunde bellten im Dorf und das Tor sah noch genauso aus, wie wir es damals gestrichen hatten, nur dass der Lack ein bisschen verwittert war. Erst war ich unschlüssig, aber dann habe ich kurz geklopft und bin einfach auf den Hof gegangen, so wie wir das immer gemacht haben. Das hätte vielleicht auch schiefgehen können, ich wusste ja nicht einmal, ob Michael da überhaupt noch wohnt, und wenn ja, wie er da wohnt.
Jedenfalls habe ich mich ziemlich erschreckt. Schon der Hof sieht nur noch verwahrlost aus. Ich denke, dass wohl keine von uns gedacht hatte, dass Michael sich um die Pflanzen oder

den Garten kümmern würde, aber es ist nicht allein das. Die Beete hat der Giersch übernommen, die Töpfe enthalten alle nur noch trockenen Sand, weil er sie offenbar nie gegossen hat, aber es geht noch darüber hinaus. Die Gartengeräte liegen herum und rosten vor sich hin, die Scheune kann man nicht mehr abschließen und ich hatte den Eindruck, dass die Heizung kaputt ist. Ich habe Michael danach gefragt, aber er sagte, er wisse es selbst nicht genau, weil er die Heizung in den letzten paar Jahren sowieso nicht mehr angemacht hätte, es könne sein, dass sie noch funktioniere, aber selbst dann wäre es ihm egal, weil er sie auch in diesem Falle nicht benutzen würde.

Doch so schlimm auch der Hof und die Gebäude aussehen mögen, am schlimmsten sah Michael selber aus. Ungesund, aufgedunsen, rosig erfroren, und er roch ganz schlimm. Natürlich kam von ihm kein Wort der Klage, und das machte es für mich fast noch schlimmer. Er saß nur da und sagte, dass es ihm gut ginge, es ihm an nichts fehlen würde, was er denn schon brauchen solle und dass ich mir keine Sorgen machen solle. Geld, na ja, Geld, ein bisschen was würde er schon bekommen, andererseits seien weder er noch der Wartburg dazu bereit, an irgendwelchen völlig unsinnigen Weiterbildungsmaßnahmen teilzunehmen mit dem Zweck, ihn zu irgendwas zu machen, was er sowieso nicht ist. Er würde das ablehnen und der Wartburg auch, denn das Ding würde nicht mehr fahren und auch Oliver sei nun angekommen in der Marktwirtschaft, was bedeutete, dass Olli das alte Ding nicht schon wieder aus alter Freundschaft in Gang setzen würde. Und weil er also nicht mehr in der Lage sei, bis nach Schwedt zu kommen, wird ihm das Geld gekürzt, sodass er Olli nicht bezahlen könne, um den Wartburg zu reparieren, der ihn nach Schwedt bringen könnte. An diesem Teufelskreis schien Michael eine Art intellektuelles Vergnügen zu haben.

Das Amt hätte ihm geschrieben, dass sie ihn zum Hotelfachmann weiterbilden wollten, weil sie nicht verstanden haben, was er, was wir da gemacht haben, und ich kann mir auch vorstellen, dass er weder willens noch in der Lage war, ihnen das genauer zu erklären. Aber sicher war und ist Michael kein Gastgeber in diesem Sinn. Der ganze Trubel, der zum Schluss auf dem Hof herrschte, hatte ja nur indirekt mit ihm zu tun. Im Rückblick wundere ich mich, mit welcher Gelassenheit er das alles hingenommen hat. Aber solange er seinen Bereich zwischen Bibliothek und Behandlungszimmer nicht verlassen musste, schien er immer ganz zufrieden mit sich und der Welt zu sein.

Weißt Du, ich habe ihn sehr verehrt. Heute würde man vielleicht sagen, ich hätte ihn geliebt, aber man liebt ja heute auch einen Pullover, seine Wohnung oder eine Gemüsesuppe. Die Liebe ist inflationär, die Verehrung verdächtig geworden. Aber ich habe Michael nicht als überirdische Autorität gesehen und auch seine Fehler registriert. Doch sein Dasein, wie er sich zu leben entschieden hatte, diese klare Hingabe zum Denken und diese deutliche Skepsis gegenüber allem Handeln erschienen mir stets von Kraft und Belang. Damals und heute schien das Tun immer so wichtig und kraftvoll und entschlossen. Aber dass es eben auch ein Nachdenken geben muss, das nicht allein der Handlungsvorbereitung dient, eine Art philosophischer Grundlagenforschung, das gerät einfach in den Hintergrund. Denn was auch immer die Philosophen über die Welt denken, es verliert an Relevanz, während die Protagonisten diese aus ihren Angeln heben. Eben nicht der Antagonist, sondern der Philosoph ist der eigentliche Gegenspieler des Protagonisten. Jedes System besteht aus beweglichen und unbeweglichen Teilen, und es ist ein schon fast neurologisches Problem, dass wir uns auf die beweglichen Teile fokussieren. Ein Insekt fliegt vorbei, ein buntes Rad dreht sich – schon verlieren wir die Wahrnehmung des Wesentlichen. Wir vergessen, wie

es uns geht oder woran wir denken wollten. Wir sehen die bunten, blinkenden Wägelchen im Lärm des Rummels vorüberziehen und haben keine Wahrnehmung von der Achse, die zumindest in einem theoretischen Punkt im Inneren des Karrussels vollständig ruht, während alles um sie herum in Bewegung ist. Alle Systeme bewegen sich um ihre ruhenden Teile, beziehen von dort ihre Kraft und allen Halt.
Michael saß da, hat gelesen und uns alle ertragen. Das gefiel mir. Ich habe es bewundert, wäre gern dabei gewesen bei seinem Alleinsein, konnte es bittersüß verstehen und akzeptieren, dass genau das eben nicht möglich war. Ich wusste, dass Einsamkeit kein Mannschaftssport ist, und wäre doch so gern dabei gewesen. Das er mich nicht – ich weiß kein besseres Wort – begehrte, machte ihn für mich umso attraktiver.
Es wird Dich wenig überraschen zu hören, dass Michael sich eigentlich kaum geändert hat. Nur die umgebenden Umstände haben sich eben radikal geändert und darum finde ich, dass wir ihm jetzt helfen können. Denn ich weiß nicht, wie es dir geht, aber mir hat Michael damals sehr geholfen. Wir konnten um ihn herum diese Oase aufbauen, in der Mitte von Nichts, am Rand von Allem hatten wir uns einen Ort der Schönheit geschaffen und ich habe niemals wieder einen Ort gefunden, an dem es mir so

vollkommen gut ging. Ich denke, dass Michael der Ruhepunkt dieses Systems war, das vielen von uns so viel Halt und Hoffnung geben konnte.
Er hat mich nicht darum gebeten und ich weiß, dass mein Handeln im Widerspruch zu dem steht, was ich gerade über das Philosophieren gesagt habe, andererseits wäre es doch vielleicht schön, wenn wir diesem einen Menschen die Freiheit zum Denken verschaffen würden. Hier ist meine Idee: Jede von uns mietet sich wieder ihr altes Zimmer. Das heißt, Du würdest wieder die *Blaumeise* mieten, Peggy die *Wyandotte*, Anika die *Mönchsgrasmücke* und so weiter. Die Zimmer stehen alle leer, wir könnten sie sofort nutzen und jederzeit ein paar Tage dort verbringen, wann immer wir wollen. Wir könnten dort auch mit Freunden Zeit verbringen, denn wenn wir mehr als ein Zimmer brauchen, müssten wir das ja nur mit den anderen abstimmen. Schön ist es immer noch im Unteren Odertal, sie haben es jetzt zum Nationalpark gemacht und die Natur darf sich die Landschaft endgültig wieder zurückholen.
Aber natürlich hätte das Ganze den schönen Nebeneffekt, dass Michael finanziell abgesichert wäre. Es ist dabei vollkommen gleichgültig, wie viel Miete jede von uns zahlt, selbst 20 Mark im Monat würden ja helfen. Dann könnte er sich

wenigstens die notwendigen Reparaturarbeiten am Haus und am Auto leisten, ich weiß nicht einmal, ob er krankenversichert ist, und habe mich nicht zu fragen getraut. Jede zahlt, was sie kann, dann müsste doch was zusammenkommen.

Wie Du unschwer bemerkst, bin ich dieser Zeit sentimental verbunden. Aber ich bin wirklich überzeugt, dass ich niemals schönere Reisen unternommen habe als damals. Ich weiß, man kann diesen Rieseneffekt nicht herausrechnen, dass dieses Glück damals so unverhofft war. Und natürlich war unsere Gemeinschaft, dieses in Freundlichkeit nach außen isolierte, sorgenfreie Leben, ein wichtiger Faktor des Erlebens dieser Reisen. Dennoch erlebte ich nie schönere Reisen, auch wenn ich es ernsthaft versucht habe. Die Mühen einer Reise haben mich dabei nicht besonders gestört, die Anfahrt, die Unterkunft zu finden, die Verbindung zum Ort herauszusuchen, die Schuhe, die leider doch an dieser einen Stelle drücken, die Unsicherheit, ob auch andere diesen leichten Schweißgeruch von mir wahrnehmen können. Enttäuscht war ich eher vom Fehlen der Erhabenheit, der sich nicht einstellenden Transformation meines Erlebens. In den Hypnose-Reisen entstand regelmäßig die Erweiterung meines individuellen Bewusstseins durch die Verbindung zwischen der physi-

schen Welt und dem kulturellen Welterbe. Eine Originalaufführung im *Globe Theatre* in aller Mittelalterlichkeit war für mich einschneidend, wie ich bei der Besichtigung des Eiffelturms in Soldin ein starkes Gefühl für den Stahl in Europa bekam. Als ich dieselben Orte in London und Paris besuchte, stellte sich nichts ein, es waren nichts als Orte, die so aussahen, wie es mir schon vorher bekannt gewesen war.
Dabei ist es dieses transformative Erleben, was ich weiterhin auf Reisen suche. Manchmal stellte es sich glückhaft bei einem schönen Essen oder einem Spaziergang durch die Umgebung ein. Allein bei unseren Reisen kam es mit verlässlich vor. Mir ist schon klar, dass ich mich ja nicht in der physischen Welt bewegt hatte und insofern alles eine Illusion war. Doch es ist ebendiese Illusion, die ich suche, die ich mir auf Reisen wünsche. Ich möchte auch nicht für andere reisen, all das unternehmen, um mich als erfolgreiche Teilnehmerin im Wettbewerb des Reisens ausweisen zu können. Bei solchen Menschen habe ich mich immer gefragt, warum bleiben sie nicht einfach zu Hause und behaupten dann die Reisen, auf die sie keine Lust hatten, für ihre Kolleginnen, Verwandten, Freunde? Vielleicht waren wir mit den Hypnose-Reisen unserer Zeit voraus und durch die Geschichte werden sie vielleicht nur als risikolose Flucht-

möglichkeiten aus einem eingemauerten Land verstanden, und vielleicht wird man irgendwann darauf noch mal aus einem anderen Blickwinkel schauen. Aber all das nutzt Michael heute wenig, der dort auf seinem Hof versauert. Er sagt natürlich nichts, aber ich glaube, er würde sich auch auf seine Art über gelegentliche Gesellschaft freuen. Mir kam er in dieser Hinsicht stets vor wie eine Katze, die ja auch Gesellschaft mag, ohne zu viel körperliche Nähe zuzulassen. Zu den Leuten im Dorf hatte er ja nie besonders engen Kontakt und jetzt, wo er weiß, dass sie ihn an die Stasi verraten haben, einfach nur, weil er nicht so ist, wie die sich vorstellen, dass man zu sein hat, wird sich diese Situation nicht verbessert haben. Vermutlich werden sie jetzt sauer auf ihn sein, dafür, dass sie ihn angeschwärzt haben. Menschen sind ja nicht besonders kompliziert, und die Frage nach der Schuld ist immer insofern geklärt, dass ich sie nicht habe.
Marlen – Du schöne schweigende Königin, kannst Du Dir vorstellen, auch bei dieser Aktion mitzumachen? Es würde mich sehr freuen, und vielleicht können wir uns dann sogar mal wieder begegnen. Ich fürchte, man merkt es diesem Brief nicht an, weil ich merke, wie mich die Erinnerungen wieder genau in meinen Zustand, meine Rolle in jener Zeit zurückführen, aber ich

bin eine glückliche erwachsene Frau mit einer ausgesprochen witzigen Tochter und schaffe es sicher, Dir in Souveränität und Freude gegenüberzutreten.

Herzliche Grüße
Jule

Der Verlag Kiepenheuer & Witsch hat sich zu einer nachhaltigen Buchproduktion verpflichtet. Gemeinsam mit unseren Partnern und Lieferanten setzen wir uns für eine klimaneutrale Buchproduktion ein, die den Erwerb von Klimazertifikaten zur Kompensation des CO_2-Ausstoßes einschließt.
Weitere Informationen finden Sie unter
www.klimaneutralerverlag.de

MIX
Papier | Fördert gute Waldnutzung
FSC® C014496

1. Auflage 2024

Covergestaltung: Barbara Thoben, Köln
Covermotiv: © junejuly deposit photos
Lektorat: Esther Kormann
Gesetzt aus der Eskorte Latin
Satz: Buch-Werkstatt GmbH, Bad Aibling
Druck und Bindung: GGP Media GmbH, Pößneck
ISBN 978-3-462-00518-9